『おっぱい揉みたい』
って叫んだら、
妹の友達と付き合う
ことになりました。
3

「ナツ君、ナツ君っ！
海が見えてきました♪」
バスを降り、駅前のバス停から
目的地目指して歩き続ける。
港町の潮風を浴びてしまえば、
都会派でさえ田舎派に寝返ってしまう。
そんな裏切り待ったなしな光景が、
夏彦たちの前には広がり続けていた。

神《かん》崎《ざき》未《み》仔《こ》
高校1年生。真面目で一途、
そして巨乳。理想の彼女

海に入って来たばかりの新那は
「きゃんきゃんっ！」と子犬の鳴き真似をしつつ、
未仔の首筋や脇腹などに濡れた髪でスリスリ。
くすぐったそうにする未仔も負けじと、
「困ったワンちゃんにお仕置きですっ♪」と
己の頬を新那の頬へと押し付けてスリスリ。
スリスリで百合百合である。
傘《かさ》井《い》新《にい》那《な》
高校1年生で夏彦の妹。未仔のクラスメイトで、いつもマイペース
「ミィちゃん、あ〜そ〜ぼ♪」

「にーなちゃん、髪ビショビショ～！」

「お、お見苦しいものを
お見せしちゃいました……」
真夏の太陽の下にさらされた、
普段なら絶対に拝むことのできない
ボリューミーでツンとした禁断の果実が、
真っ白でフワトロに育ち上がっている。
いつでも召し上がれと言わんばかりの
完熟具合が実に初々しくエロエロしい。

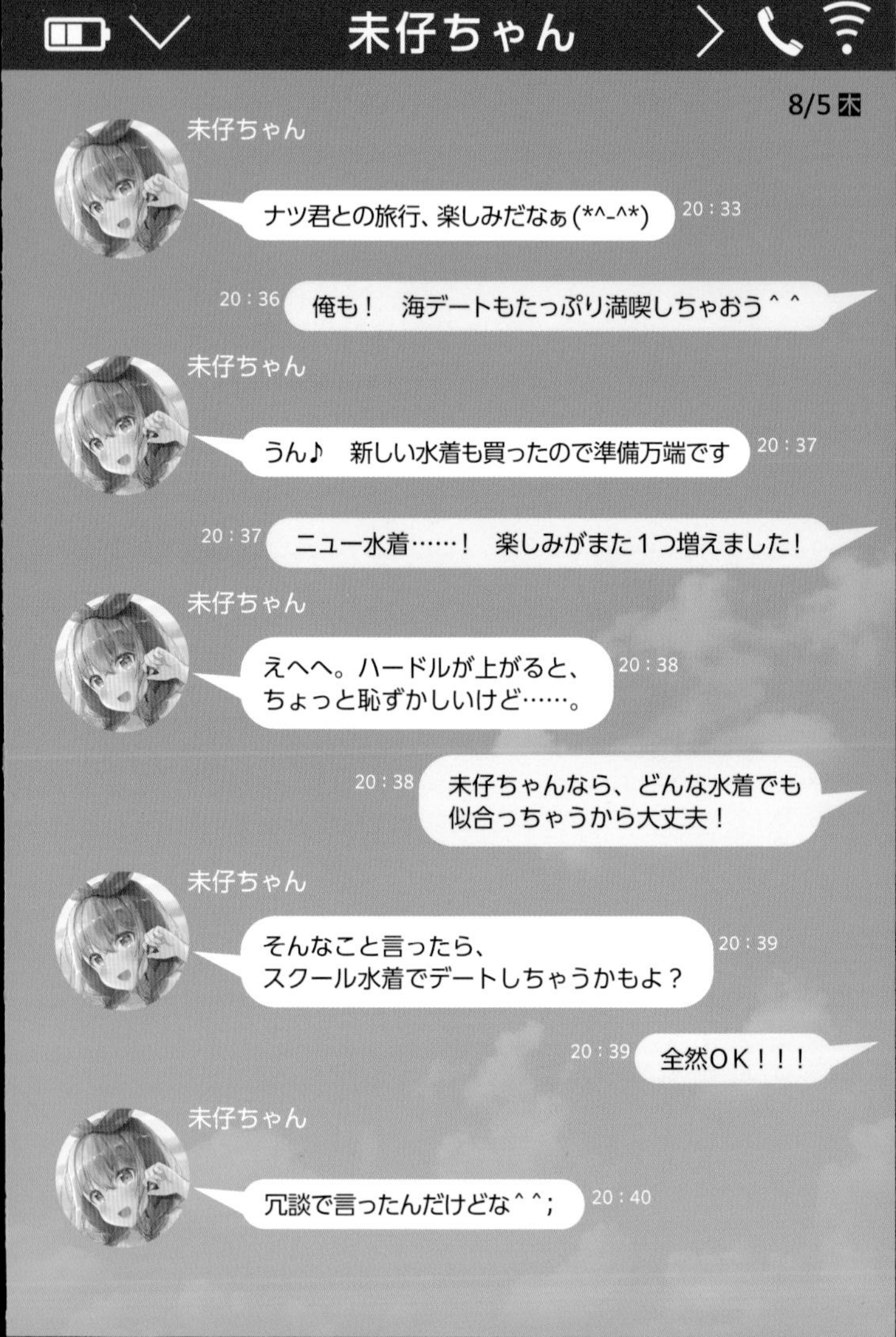
未仔ちゃん
8/5 木
未仔ちゃん
ナツ君との旅行、楽しみだなぁ(*^-^*)
20：33
20：36
俺も！　海デートもたっぷり満喫しちゃおう＾＾
未仔ちゃん
うん♪　新しい水着も買ったので準備万端です
20：37
20：37
ニュー水着……！　楽しみがまた１つ増えました！
未仔ちゃん
えへへ。ハードルが上がると、
ちょっと恥ずかしいけど……。
20：38
20：38
未仔ちゃんなら、どんな水着でも
似合っちゃうから大丈夫！
未仔ちゃん
そんなこと言ったら、
スクール水着でデートしちゃうかもよ？
20：39
20：39
全然ＯＫ！！！
未仔ちゃん
冗談で言ったんだけどな＾＾;
20：40

『おっぱい揉みたい』って叫んだら、妹の友達と付き合うことになりました。3

凪木エコ

角川スニーカー文庫

22853

目次

口絵・本文イラスト：白クマシェイク
デザイン：AFTERGLOW

プロローグ：ミッドナイト×ミコミコ

夜も更けた自室のベッドにて。

あとは目を瞑《つぶ》って寝るだけなのだが、傘井夏彦《かさいなつひこ》は決して目を瞑ろうとは思えない。

それどころか、このまま夜が明けるまで起き続けるモチベーションさえある。胸が高鳴り続けてしまうし、表情が緩みっぱなしにもなってしまう。

スマホの画面越し、笑顔でお喋《しゃべ》りしてくれる少女が原因だ。

少女の名を神崎未仔《かんざきみこ》。

夏彦、最愛の彼女である。

『ナツ君、さっきからずっとニコニコしてるけど、どうしたの？』

「いや～～～、いつも以上に距離が近いと恥ずかしいけど、やっぱり嬉《うれ》しいなって！」

『えへへ……。私も嬉しいですっ♪』

未仔は夏彦同様、ベッドに横たわり、まるで一緒に寝ているかのようなリラックスモード。普段話し合うときよりも顔と顔の距離が近いのは甘えん坊故。『もっと近づいちゃおっと』とさらに擦り寄って来るのは夏彦が大好き故。

音声通話ではなくビデオ通話で大正解と言わざるを得ない。大好きな彼女の声を聞けるだけでも昇天しそうなのに、顔を見ながら話せるのだから。

少し垂れた大きな瞳、ちょこんと小さな鼻、リップが塗られた桜色の唇。愛嬌《あいきょう》たっぷりなルックスは相も変わらず可愛《かわい》らしい。

風呂上がりに丁寧にブラッシングしたのだろう。キューティクルに富んだミルクブラウンの髪が一層艶々と輝きを帯びている。

部屋着であるロゴTシャツのフォントが立体的に見えるのは、特殊加工されているからではない。小柄な彼女のたわわな胸が原因である。

夏彦の感想。

スクショを10枚ほど撮ってもよろしいでしょうか。

未仔は勿論《もちろん》、夏彦も尚《なお》、恋人を愛し続けているのはお察しの通り。

どれくらいお喋りしたのだろうか、どれくらいイチャイチャしたのだろうか。

夏彦が未仔の異変に気付く。

「もう日付跨《また》いじゃってるし、そろそろお休みにしよっか」

未仔の活動メーターの限界が近いようだ。スマホ画面に映る未仔がうつらうつらと船をこぎ始めてしまう。

彼女となら何時間でも電話し続けることができる夏彦としても、やはり無理をしてまで相手してもらうつもりは毛頭ない。

とはいえ、未仔としては無理をしてでも大好きな彼氏ともっとお喋りがしたい。

寝惚《ねぼ》け眼《まなこ》を小さな手で擦りつつ、

『んーん……。もっとナツ君とお喋りしたいから、だいじょーぶ……』

「いやいや。未仔ちゃん、もう殆《ほとん》ど目が開かなくなってるじゃないか」

『やぁ……。まだお話しするんだもん……』

(か、かわええ……!)

まるで、欲しい玩具《おもちゃ》の前で駄々《だだ》をこねる子供。

『睡魔に負けるつもりはありません』と、未仔はお気に入りのクマのヌイグルミ、ナッツをギュッと抱きしめる。

夏彦にとってヒーリング効果絶大な光景なのだが、未仔としてはどうだろうか?

未仔としてもヒーリング効果は絶大。普段から一緒に寝ているナッツを抱きしめてしまえば、あまりの抱き心地の良さに、完全に瞳が閉じ切ってしまう。

「未仔、ちゃん? もしもーし」

『………』

へんじがない。ただの　びしょうじょ　のようだ。

小さな小さな寝息が聞こえてくれば、10カウント数える必要もない。

彼女の寝顔を眺めつつ、夏彦は呟《つぶや》く。

「こんな可愛い子が、俺の彼女なんだよなぁ」

すやすやと眠っているのは未仔のはずなのに、『夢を見ているのは自分なのでは？』と思えるくらいに夢見心地な日々。

夢を見続けていると思っても仕方ないだろう。

おっぱい揉《も》みたいと叫べば揉んでいいと言ってくれ、ぱふぱふしたいと思えば、ぱふぱふさせてくれる。

彼氏のためなら一肌も二肌もどころか、生まれたままの姿にもなってくれる。尽くしに尽くしてくれる彼女のほうが絶滅危惧種レベルで珍しい。

ばぶみを極め尽くした彼女こそ、未仔という存在。

触れることができないのは分かっているものの、スマホ画面に映る未仔の頬《ほお》を優しく指でなぞってしまう。

未仔、タッチパネル機能搭載？

『……えへへ。ナツ君、大好きー♪』

「!!! ゆ、夢の中でも俺のことを愛して——、〜〜〜っ！ 未仔ちゃんめっっっっちゃ可愛い〜〜〜〜！」

己の気持ち悪さなど何のその。近隣の迷惑にならないように、枕に顔を埋《うず》めて愛を叫ぶ夏彦であった。

未仔の寝顔をスクショしたのは言うまでもない。

1章：未仔、浮いてます？

学生の夏休み。

それすなわち、青春を目一杯味わえる、かけがえのないボーナスステージ。

気の置けない友人たちと、夏フェスやコミケといったイベントに出掛けるも良し。

部活動仲間と、『心・技・体』を合宿で磨き合ったり、夏の大会で日々の成果を見せるも良し。

1人部屋にこもり、クーラーのガンガンに効いた部屋でまったり過ごすも良し。

そう。夏休みの過ごし方は千差万別、学生の数だけ可能性を秘めている。

夏彦《なつひこ》の夏休みはどうだろうか？

昨年と同じような過ごし方をするのならば、平々凡々な男に相応《ふさわ》しく、悪友である関西女とオンラインゲームでオールナイトニッポンしたり、夏休み終了間際まですっかり忘れていた夏の課題を2人虚《むな》しくデスマーチしていたのだろう。

最終的には、ツンデレ気質のイケメンに泣きついていたのだろう。

しかし、今夏の夏彦は、一味も二味も違う。

一味二味どころか、養殖から天然、そっくりさんから本物くらいに違う。

理由は明白。

人生初。最愛の彼女ができたのだから。

ＴＨＥ・モブキャラな男、最大瞬間風速の青春フィーバー中。

夏休みが始まる前から未仔《みこ》と過ごす日々に想《おも》いを馳《は》せてしまう。スケジュール帳に記入されたデートの予定を眺めただけでルンルン気分になってしまう。

まさに脳内再生余裕。

カラオケデートを思い浮かべれば、

「歌とダンス、ナツ君に届けるために沢山練習してきました♪」

マイクを握りしめた未仔が、少し照れ気味ながらも今流行《はや》りのアイドルソングを一生懸命歌ってくれたり踊ってくれたり。

勉強デートを思い浮かべれば、

「やった！　全問正解！　それもこれも教え方が上手なナツ君のおかげだよ。ううんっ、ナツ先輩のおかげです♪」

数学の問題集を解き終えた未仔が、ご褒美にイイ子イイ子をしてほしいと頭を差し出してきたり。撫《な》でれば撫でるほど、未仔の表情が気持ち良さげに蕩《とろ》けていったり。

海水浴デートを思い浮かべれば、

「あははっ！　ナツ君冷たいようっ！　そんなイジワルしてくるなら――――、ナツ君に突撃～～～♪」

水着姿の未仔、海水をたっぷり掛けられたお返しに、露出過多な服装などお構いなしとハグ攻撃を仕掛けてきたり。そのまま押し倒され、チュッとキスされちゃったり。

以上。夏彦の妄想がお届け。

さすが夏彦《バカレシ》。大好きな彼女を妄想することにかけて右に出る者無し。

傍《はた》から見たらヤバイ奴《やつ》なのだろうが、人生初、飛び切り可愛い彼女ができたのだから、浮かれてしまうのも仕方がないことなのだろう。

だからこそ、「あぁ、夏休み。万歳《ビバ》、夏休み。未仔ちゃんと過ごす初めての夏休み、最高の思い出を一緒に作っていこう」と胸を高鳴らせ続けてしまう。

夏休みが始まる直前までは……。

※　※　※

どれくらい時間が経《た》ったのだろうか。

容赦なく照り付ける太陽の下、夏彦は少し離れた場所で向かい合う彼女を強く否定する。

「駄目だよ！　俺に未仔ちゃんを傷付けるようなこと、できるわけないだろ！」

「ううんっ……。もう時間もないから、思い切って。……ね？」

未仔としても彼氏が心苦しいのが苦しい。一刻も早く解放してあげたいからこそ、目一杯の笑顔を作ってみせる。

しかし、カラ元気にも等しい未仔の表情が、却《かえ》って夏彦の判断を鈍らせてしまう。心をどうしようもなく締め付けてしまう。

この場から2人で抜け出す方法を、夏彦は一体どれだけ考えただろうか。

いくら頭を捻《ひね》ろうとも結果は変わらない。この2つに分断された空間、自分たちを監視するかのように囲む人間《プレイヤー》たちから逃れる術《すべ》などあるはずがない。

頭では分かっている。助かるのは自分か未仔、どちらか1人のみ。

どちらかの命が続く限り、このゲームから解放されることはないのだと。

行き場の無い憤りや悲しさから、ついに夏彦は膝から崩れ落ちてしまう。

「チクショウ！　運営は何を考えてるんだ！」

炎天下に焼かれ続けた地面の熱さを感じる余裕さえない。

右手に持つ彼女の命を奪うための道具《アイテム》を、怒りや悔しさ、悲しさを込めて力強く握りしめることしかできない。

「……こんなの、あまりに残酷すぎるじゃないか……！」

「ナツ君っ……」

絞り出したかのような彼氏の声音に、未仔は何を想うのだろうか。

夏彦と同じく、怒り？　悔しさ？　悲しさ？

答えは分かり切っている。

めっちゃ恥ずかしい。

「あ、あのねナツ君……。嬉《うれ》しいよ？　けど、ちょっと私のこと、大切に扱いすぎじゃないかな……？」

体操服姿の未仔が、顔を赤らめつつモジモジすれば、周囲の皆さんも我慢の限界。

「「「「早く投げろよ!!!」」」」

グラウンド中央から響き渡る、ツッコミと言う名のシュプレヒコール。他の競技者たちも「何事!?」と注目してしまうくらいの残念っぷり。

ドッジボールなう。

一学期のラスボス的存在、期末テストも終わった7月中旬。全校生徒はボーナスステージさながらに、球技大会で汗を流しているというオチ。

テストの結果が良かった者は、まったりのんびりと楽しむ。テストの結果が散々だった者は、「親の仇《かたき》ですか？」と聞きたくなるくらいボールに怨念や憤怒の念を込める。

前者でも後者でもない夏彦《バカレシ》は、対戦相手である最愛の彼女にボールを当てることなどできないと嘆いているというわけだ。

一回戦から夏彦と未仔のクラスが当たるのは、運が悪いのかもしれない。しかし、運営である実行委員からすれば知ったこっちゃない。

おめでたい男の背後から、猛ダッシュで駆け寄ってくる人物が約一名。

「アホナツハゲコラァァア――！　このクソ暑い中、いつまで茶番劇しとんねん！」

集団ツッコミよりも切れ味抜群のツッコミ――、というか罵詈雑言《ばりぞうごん》を浴びせるのは夏彦の悪友、冴木琥珀《さえきこはく》。

半袖シャツをタンクトップ風に捲《まく》り上げ、首にはスポーツタオルを巻いたラフスタイル。

オシャレを意識しているというより、シンプルに暑いのだろう。にも拘《かか》わらず、体操服を少し着崩しただけで、様になったコーデに変わってしまうのは、ボンキュッボンなナイスバディや、夏の太陽に負けないくらい華やかな容姿のおかげ。

黙っていれば美少女の琥珀が、激しい剣幕《けんまく》でエキサイトするのは、夏彦のせい。

「何を物語終盤、主人公とヒロインが殺し合いを余儀なくされるシーンみたいな雰囲気醸し出してますのん⁉ これデスゲームやなくて、ドッジボールやから！」

「俺だって分かってるさ！ けど仕方ないじゃないか！ いくらドッジボールとはいえ、幼気《いたいけ》な未仔ちゃんにボールを当てることなんかできるわけないだろ！ 繰り返す！ あんな健気《けなげ》で可愛い天使にボールを当てることなんか――、」

「できるわボケ！ スポンジボールにそんな殺傷能力あるわけないやろ！」

身をもって体感しろと、ボールを分捕った琥珀が、夏彦の顔面へとボールをグリグリ押し付ける。案の定、ダメージはゼロ。夏彦の顔がブサイクになるだけ。

「そもそもの話やで？ 未仔ちゃんがヒロインポジションなのは分かるけど、アンタのポジションが主人公なのは違和感しかないわ」

「なっ……！」

「アンタ、モブキャラやん。主人公たちよりも前にデスゲームに挑戦して、呆気《あっけ》なく瞬《しゅん》殺《ころ》されるモブキャラやん」

「に、二回もモブキャラって言うなぁ！」

夏彦は思う。我が友は、なんて的確なたとえをしてくるのだろうと。

「琥珀だってメインキャラと思いきや、途中で悲惨な死に方するキャラじゃないか！」

「はんっ。記憶に残らない死に方するくらいなら、ギロチンで首チョンパされたり、オークに凌辱《りようじよく》されて息絶えるほうがマシやで」

「なんて達観した奴なんだ……。というか、漫画脳すぎる……」

「やかましい。打ち切り顔が」

「⁉　打ち切――……っ！　うわぁぁぁぁん！　どうせ俺は、10週持たねぇよチクショウ！」

大爆笑する琥珀を背に、メッタメッタにされた夏彦は、内野にいるもう1人の友へと涙目で救援要請。毎度のテンプレである。

「草次《そうじ》！　あの関西女が、俺のこと打ち切り顔って言ってくる！　『ご愛読ありがとうございました』って！」

「どうでもいいから、早く投げろよ……」

「素っ気ない！」

ドライかつ塩対応を見せる男の名は伊豆見《いずみ》草次。

クールなナイスガイも夏の太陽には参るばかり。早いとこ試合を切り上げて、木陰のベンチでアイスコーヒー片手に涼みたいようだ。

ちなみに、草次をデスゲーム系漫画の登場人物にたとえるならば、頭の切れる主人公。もしくは、超重要な役どころで主人公たちのために命を落とす名脇役。

草次が素っ気ない性格なのもあるが、今回ばかりは夏彦に問題アリ。

この炎天下の中、バカップルの茶番劇を見たい物好きなどいるわけがない。

外野にいるクラスメイトの塩谷圭《しおやけい》や逆瀬大地《さかせだいち》など、

「お前はTPOって言葉を知らんのか！　汗と涙で脱水症状になるわ！」

「傘井《かさい》っちパスパース！　顔面セーフらしいから、30発くらい殴らせ——、投げさせろ！」

愛に飢えた野郎共が、夏彦へ中指を立てて大ブーイング。羨ましいを通り越して殺意しか芽生えない様子。

「夏兄……。一家の恥さらしだよ……」

敵チームの外野にいる妹からも冷ややかな言葉が呟《つぶや》かれる始末。兄の威厳皆無。

「投げへんのやったら、ウチが投げたるわ」

「あっ！」

挙句の果てには、琥珀にボールを投げる権利を奪われてしまう。

最悪な展開かもしれない。

「なーなー、未仔ちゃん」

「は、はいです？」

「ウチはナツみたいに甘くない。――その意味、分かるやんね？」

「ひっ……！」

虎VSウサギ
もはや『VS《ハンター》』という単語を使うのも間違っているとさえ思える。それくらい、未仔《ターゲット》を捕捉する琥珀の目力がガチ中のガチ。

勝負事において、たとえゲームであろうと手を抜かないのが琥珀のアイデンティティ。

社会人になった将来、接待ゴルフをすることがあったとしても、取引先や上司の顔色を一切窺《うかが》わず、ホールインワン目指してクラブを振り回し続ける存在こそ琥珀なのだ。

ボールを握る琥珀の腕に血管がぷっくり浮き上がる。少し吊《つ》り上がった黒目がちな瞳が一層研ぎ澄まされ、大きな口が嗜虐《しぎゃく》性たっぷりに口角を上げる。

「くく……！　一夜漬けしたにも拘《かか》わらず、平均点を大きく下回った恨み、球技大会で晴らしたんねん……！」

「只《ただ》の逆恨みだ……」

琥珀のテスト結果が悪かったのはお察しの通り。

バレー選手がサーブを打つ前のルーティンの如《ごと》し。琥珀がドンドコ、ドンドコとボールを地面目掛けてスパイクし続ける。

強く叩《たた》けば叩くほど、乾いた砂煙が忌々しいオーラのように琥珀の周囲へ吹き荒れる。

その姿、殺人鬼。

「み、未仔ちゃんクラスのみんな――――！　この化け物から未仔ちゃんを守って――――！」

夏彦の悲鳴にも近い懇願が、残り少ない未仔クラスの内野陣、体育会系男子２人に届く。

「俺たちで神崎《かんざき》さんを守るぞ！」

「おうよ！　神崎さんは下がっててくれ！」

その姿、助さん格さん。頼もしき男たちが、未仔を守るべくキャッチングの体勢に。

立ちはだかるのならブチ壊すまでと、十分な助走がとれる位置まで琥珀が下がる。

さすれば、機は熟す。

殺人鬼、始動。

「くらえっ――――！　一年のヒヨっ子どもがぁぁぁぁ～～～～！」

豪快にも利き足で地面を蹴り上げれば、一滴も力を無駄にはしないと、野性味溢《あふ》れる大胆なフォームでボールを射出《ファイア》。

ボールというよりロンギヌスの槍《やり》？　そんな幻覚が見えてしまうくらい、助さん目掛けて一筋の閃光《せんこう》が迸《ほとばし》る。

まさに一撃必殺。

「は、速すぎて反応できなかった……！」

刀だったら斬られたことすら気付かせない一振り。アウトになった助さんは勿論《もちろん》、夏彦や未仔クラスの参加者たちが、琥珀の強肩ぶりにザワつき始める。

「ひゃはははは！　まず、いっぴ――き！」

天高く人差し指を立てる人物は、決してデスゲーム漫画で衝撃的な死に方をする美少女ポジションなどではない。

ゲーム運営側の殺人鬼、悪魔そのもの。

「う、うわああああ！」

最もパニックになるのは、相棒である格さん。己の命を易々《やすやす》と差し出してたまるものかと、拾ったボールを琥珀目掛けて全力投球。

球の速さでいうと、琥珀と負けず劣らず。

にも拘わらず、琥珀は易々とボールをキャッチしてみせる。

「なっ……!? 捕られた……、だと……?」

「はんっ。軽い軽い。そんな球じゃ、ウチの命《たま》は獲れへんで?」

日々、反射スピード命のFPSゲームで鎬《しのぎ》を削り続ける琥珀からすれば、体育会系男子の球であろうと捕球は余裕。ヘソで綾鷹《あやたか》が沸くレベル。

それだけではない。

「普段は邪魔な乳やけど、こういうときには役立つもんやね」

しっかり腰を落として両手でボールを押さえ込めば、ぎゅむむむむぅぅぅ〜〜〜！ と琥珀の特盛たわわなバストが、あらゆる衝撃をエアクッション代わりに吸収してくれる。サスペンションのダンパーの役割を果たしてくれる。

男は皆、おっぱいが大好き。

((((おおう……！))))

内野、外野、敵味方関係なく、腕とボールに圧迫され、形が変わるおっぱいに男子一同釘付《くぎづ》け。次生まれ変わるときは異世界ではなく、ボールに転生しようと心に誓ってしまう。

いくら男勝りの琥珀といえど、自分の乳がガン見されていることくらい分かっている。

むっつり格さん目掛けて、剛腕再来。

「乳見とる暇あったら――、ボールを見んか～～～いっ！」

「ぐはぁぁぁぁ！　――む、無念……。でもちょっと嬉《うれ》しい……！」

新しい扉を開いてしまった格さん、外野に移動することもできず、その場で崩れ落ちる。

水戸光圀公《みとみつくに》もとい、未仔光圀公の側近２人が瞬殺《しゅんころ》。

おまけに、勢い良く当たったボールは、琥珀のもとへ見事にカムバックしている。

「ふはははは！　我がピッチングの前に敵なーし！　くにおくんの熱血高校ドッジボール部で予習してきた甲斐《かい》があったもんやで！」

「絶対関係ねーから！　というか琥珀！　ゲームする暇あったらテスト勉強しとけよ！」

「やかましい！　ウチは過去に捉われない女なんや！　コムデギャルソンって奴《やつ》や！」

「それを言うなら、アバンギャルドな……」

草次の的確なツッコミに対し、コムデギャルソンな女、「そうとも言う！」とグッジョブポーズ。ミスにも捉われないハードメンタルも搭載。

「はてさて。ワーワー言うとりますが、そろそろメインディッシュをいただくとしますか」

楽しいお喋《しゃべ》りの時間は、終了と言わんばかり。

相手コートにポツンと立ち尽くす少女に、琥珀はニッコリ笑いかける。

「未仔ちゃん、心の準備は整ったカナ？」

「あわわわ……！」

心の準備が整っていない未仔、近い未来を思い浮かべてバイブレーション。

皮肉なものだ。スポンジボールに殺傷能力はないと言っていたのは琥珀のはずなのに、彼女が鷲掴《わしづか》むボールは、鉄球やボウリングの球を飛び越え、エネルギー弾にしか見えない。

ヤムチャ的夏彦、琥珀の腕にしがみついて今生の願い。

「や、止《や》めて琥珀！　未仔ちゃんが死んじゃう！」

「いやいやいや。いくら、うら若き乙女の未仔ちゃんとはいえ、そんな簡単に穴開くわけ――、」

「穴⁉　穴開きそうなくらいの威力で投げるってこと⁉　未仔ちゃん！　できるだけ遠くに逃げて――――――！」

夏彦がパニックになればなるほど、未仔へ更なる恐怖心を煽《あお》ることになっているとは露知らず。生まれたてのチワワの如く震える未仔は、もはやパニックホラーのヒロイン。

とはいえ、結果的には成功だったのではなかろうか。

（必死すぎて、引くわー……）

顔をグチャグチャにして、己の腕に纏《まと》わりつく夏彦《ゾンビ》を見てしまえば、琥珀の興も削《そ》がれるというもの。

「冗談やって。さすがのウチも、未仔ちゃん相手に本気のピッチングするわけないやん」

「⁉ ほ、ほんとか⁉」

「ほんと、ほんと」

「優しくしてくれるのか？」

「めっちゃ優しくするやん」

「痛くしない？」

「痛さなんか感じさせへんやん」

「神に誓って――、」

「しつこいねん。お前から先に処分したろか」

悪友の機嫌、自分の命を損ねるわけにはいかない。完璧な気を付け姿勢を、夏彦は披露。

従順な態度に納得した琥珀は、「よし」と大きく頷《うなず》く。

そして、真剣な面持ちで言うのだ。

「名付けて、ストラックアウト作戦」

「えっ？」

いきなり作戦名を告げられ、何のこっちゃ状態の夏彦。

「――ストラックアウトって、祭りとかスポッチャにある奴？」

「そそ」

ストラックアウト。いわば、野球版的当てといったところか。

決められた距離から1~9までの数字が記された的目掛けてボールを投げる、至極単純なゲームのことである。

「そのゲームがどうしたんですか？」と疑問を呈するのは夏彦だけでない。未仔や草次は勿論、ドッジボールに参加する全ての者たちが耳を傾けている。

一同の注目に臆することなく、琥珀は堂々とした声音で告げる。

「未仔ちゃんのおっぱいに当てるんや」

「はぁぁぁん⁉」

素っ頓狂な声を上げる夏彦に対し、琥珀は大真面目。

大真面目だからこそ、自分の乳、推定DかEはあるであろう乳をガッツリ鷲掴む。

「さっきボールをキャッチしたとき確信したんや。ちょっとやそっとの衝撃なら、この乳なら耐えられるって」

証明するかのように、ずっしりとボリューミーな果実をモニュモニュ、ムニュンムニュンと存分に揉《も》みしだいてみせる。

「ということはやで？」

「……ということは？」

「ウチと同等、否《いな》。それ以上の大きさと柔らかさを持ってる未仔ちゃんにも同じことが言えるってことやで」

「!!! な、成程……！」

傍《はた》から見れば、「何を納得しとんだ。このアホは」と思ってしまうだろう。

しかし、夏彦は知っているのだ。未仔のおっぱいが、とんでもない代物であることを。

琥珀に負けず劣らず、たゆんたゆんのぽよんぽよんであることを。

モミモミしたときなど、ひと揉みするごとに、未仔の柔らかいスライム乳が指や手に吸い付いてきた。地球上に存在する如何《いか》なる物質も、未仔パイの極上の柔らかさには敵《かな》わないと気付かされた。

パフパフされたときなど、顔を押し付けているにも拘《かか》わらず、息苦しいどころか悠久の眠りにつきたいと思えるくらいだった。未仔の低反発おっぱいこそ、天国へ行く方法なのだと確信した。

夏彦と琥珀エキサイティング。

「いけるぞ琥珀！　その作戦で是非ともよろしくお願いします！」

「せやろせやろ！　ウチの制球力《コントロール》と未仔ちゃんのおっぱいを信じるんや！　あの子の大きさと柔らかさなら、ダンプカーが突っ込んできてもノーダメやで！」

「うんうん！　未仔ちゃんの大きさと柔らかさなら、ロケットランチャーを撃ち込まれてもへっちゃらだよ！」

「「ガハハハハハハッ！」」

勝利の方程式（仮）を完成させたアホ2人が高笑えば、「ダメだコイツら……」という草次の声は届かない。

そんな光景を目の当たりにした、未仔は何を思うのだろうか。

「わ、私のおっぱいに、そんな力はないよう！」

至極、当然の叫び。真っ赤になった顔を両手で隠したいものの、それ以上に実りに実った果実へ視線が集まるのが恥ずかしい。両手でしっかりMY乳をひた隠す。

夏彦と琥珀は、決して未仔をからかっているわけではない。

とてつもなく真剣で、とてつもなくアホなだけ。

「未仔ちゃん、胸を隠しちゃダメだ！　怖いかもしれないけどハンズアップ！　琥珀を弓

の名手、ウィリアム・テルだと思って！」

「せや！　ウチを信じて万歳するんや！　大丈夫、ちょっとおっぱいが揺れるくらいやから！　怖いのは最初だけやから！」

「〜〜〜〜っ！　ナツ君と琥珀さんのエッチ〜〜〜〜！」

　この後、琥珀がストラックアウト感覚で、未仔の5番と6番の二枚抜きを成功させてゲームセット。

　刹那、野郎共から「おおう……」という声が沸き上がったのは言うまでもない。

※　※　※

　昨日の敵は今日の仲間。

　試合も終われば、ナツミコが元の仲睦《なかむつ》まじいカップルに戻るのはお察しの通り。

　今現在、夏彦一行は次の試合に備えて、木陰近くのベンチで休憩しているようで、

「未仔ちゃん大丈夫？　本当に怪我《けが》してない？」

「強いて言うなら、胸がズキズキするかも……」

「ええっ!?　それって、琥珀の二枚抜きが失敗——、」

「おっぱいじゃなくて心がです！」

分かりやすく『おっぱい』という言い方に変えてくれる未仔に、優しさとエロスを感じる夏彦であった。

「ナツ、滅多《めった》なこと言うたらアカンよ」

琥珀も物申したいようだ。天然芝で寝っ転がっているわけにはいかないと、立ち上がった琥珀は、そのまま未仔の隣へと腰を下ろす。

そして、労《ねぎら》うかのように優しく手を置く。

未仔の肩——ではなく、未仔の乳へ。

「ひゃっあ……！」

「琥珀!?」

「もっと未仔ちゃんのおっぱい信じてやりいな。こんだけ立派でフワトロなんやで？」

「フ、フワトロ————!?!?!?」

刺激的なワードに気を取られるのも束《つか》の間《ま》。

実演販売的な？　琥珀が『このおっぱいすごいから、寄ってらっしゃい見てらっしゃい』と、未仔のたわわな果実を背後から鷲掴《わしづか》み、夏彦に見せびらかすように右乳をねっぷり掬《すく》い上げてみせたり、左乳をどっぷりまさぐってみたり。

「ひゃあああ〜〜〜！　ホンマにこの子は、いつ触っても絶品なおっぱいやわ〜」

「んぅ……、ひうっ！　こ、琥珀さん、くすぐったいようっ……！」

不意打ちＮＴＲ《ねとり》プレイに、小柄で敏感な未仔、艶《なま》めかしく吐息を漏らしてしまう。夏彦は繰り広げられる18禁映像に瞬《まばた》きを忘れてしまう。

ビクンッ、ビクンッと脈打つ身体《からだ》を堪《こら》えるのが精一杯。琥珀の魔の手《ゴッドハンド》から逃れる余裕など皆無で、前屈《まえかが》みになってしまえばしまうほど、目前の彼氏にこれでもかとフワトロおっぱいをアピールし続けてしまう。

「んぐぅ……！　ナツ君の前で恥ずかしいですよう……っ！」

「ほうほう。ということは、ナツの前じゃなかったら、存分に恥ずかしいことしてもＯＫってことやね？」

「へっ⁉　ち、違――」

「ぐへへへへ〜〜〜！　お前を保健室のベッドへ連れてってやろぉおおがぁぁぁ〜〜〜！」

悪い子を粛正するナマハゲに対し、この妖怪《こはく》はただの変態。

昨日の敵は今日の仲間。

逆もまた然《しか》り。

「コラァァァァ――――！　うちの未仔ちゃんに何さらしとんじゃぁ！　塩で清めるぞ、このセクハラ妖怪がぁ！」

「ノンノンノン。ウチが本物の妖怪やったら、保健室なんか行かずにこの場で美味《おい》しくいただいとるわ」

「ほ、保健室では襲うみたいな言い方すんじゃねえ！」

これ以上、セクハラ大魔神に彼女を穢《けが》されてたまるものかと、夏彦は未仔を手繰り寄せて奪還成功。

余程、くすぐったかったのか、恥ずかしかったのか。

精も根も尽き果てた様子の未仔は、夏彦の胸の中でぐったり倒れ込む。

「ううっ……。もうお嫁に行けません……」

要らぬ心配である。

夏彦的には、「俺がいるから大丈夫！」と力強く言ってあげたい。

しかし、今の夏彦は、まだまだ修行の身。いくら夏祭りで一皮剝《ひとかわむ》けたとはいえ、永遠の愛を誓うには力量不足が否めないわけで。

永遠の愛を今すぐ誓えない。それでも、彼女を安心させたい気持ちは山々。

「俺頑張るから！」

「！　ナツ、君？」

彼女の小さな両手を握りしめ、夏彦はしっかりと決意表明する。

「一生懸命頑張って、必ず未仔ちゃんに相応《ふさわ》しい男になってみせるから！」

お嫁に行けない発言は、オーバーな表現だったかもしれない。にも拘わらず、大好きな彼氏は本気で心配してくれている、本気の気持ちをぶつけてくれる。

『結婚』というワードを易々《やすやす》と使わないところに、とても大事にされていると改めて気付かされる。

胸の痛みが、ズキズキからキュンキュンに変わるのは、あっという間。

「……えへへ。いつまでも、待ってます♪」

抱き寄せられていたはずの未仔なのに、気付けば夏彦を抱きしめている。

夏彦も負けじと更なる抱擁を繰り出せば、天下無双、バカップルの完成である。

「ほんまにアンタらは。ちょっと目を離さんでもイチャイチャするなぁ」

「アツくて敵わんわ」と、琥珀はヘソが見えるくらいトップスをパタつかせつつ、隣のベンチで休息中の草次へ尋ねる。

「草次も奏《かなで》さんの前だと、こんな感じなん？」

「なわけねーだろ。夏彦が珍種なだけだ」

「人を深海魚みたいに言わないでくれます……？」

「ははっ。わざわざ深海魚を選ぶあたりがお前っぽいな」

珍種にたとえられたり、クールなイケメンに笑ってもらえたことを少々嬉《うれ》しく思ってしまうのが、平々凡々な男の悲しきところ。

そんな能天気な夏彦であったり、未《いま》だに抱き着いたままの未仔であったりを眺めつつ、草次は自販機で買ってきたばかりのアイスコーヒーで喉を潤す。

潤しついでに、

「確かに琥珀の言う通りだと思うわ」

「？」

夏彦が首を傾《かし》げれば、未仔も連動してコテン、と小首を傾げる。

「ここ最近の夏彦と未仔ちゃんって、イチャイチャがエスカレートしてるイメージある」

「なっ……！」「へっ⁉」

そりゃ、恥ずかしいに決まっている。2人には思い当たる節しかないのだから。

自覚しているとはいえ、言い訳くらいはしておきたい。

「四六時中イチャイチャしてるみたいな言い方は止《や》めてもらおうか！　俺たちだって時と場合は選んでるつもりなんだ！　ひ、人よりも時と場合が少し多いだけ！」

「そうなんですっ！　ここ最近、『ナツ君と手を繋《つな》ぎたいな』って思う前に手を繋いじゃうことは確かに多いですけど……。こ、これでも人前では抑えているほうなんですっ！」

熱き反論に、草次と琥珀は顔を見合わせて苦笑い。

「自覚あるだけ、余計質《たち》が悪いよな……」

「せやな……。反論するくせ、ずっとくっついたままやし」

まさに、『クセになってんだ。イチャイチャして過ごすの』状態。

羞恥が限界に達すれば、開き直る始末。

「～～～っ！　別にいいじゃないか！　誰に迷惑を掛けてるわけでもないし！」

「夏兄、それ本気で言ってる？」

「へ？」

声のする背後を振り向けば、夏彦も新那《にいな》も同じような反応をしてしまう。

「に、新那？」「にーなちゃん？」

傘井新那。夏彦の妹であり、未仔の親友である。

普段はおっとりマイペース、にへら～と頬《ほお》が緩みすぎな新那なのに、今現在はどうした
ことだろうか。『私、呆《あき》れてます』とでも表現するように、未だに未仔を抱きしめたまま

の夏彦をジットリ眼《め》で見下ろし続ける。

怖いか怖くないかでいえば、全く怖くない。

とはいえ、開き直った直後に圧《お》し潰《つぶ》されてしまえば、動揺は隠せない。

「一体全体、誰に迷惑を掛けてるって言うんだよ？」

「ミィちゃんにだよ」

「ええっ⁉」「わ、私？」

両者が呆気《あっけ》に取られる合間に、新那は夏彦に抱き着いたままの未仔を回収する。さらには、絶対に奪われてたまるものかと、親友の腕へ頬がへしゃげるくらいピットリくっ付く。

「おー、修羅場ってるわぁ」とキンキンに冷えたコーラを相棒に、昼ドラ感覚でやり取りを眺める琥珀は、ＴＨＥ・他人事《ひとごと》。

夏彦としては、

「――俺が未仔ちゃんに迷惑を掛けてる、だと……？」

未仔最優先、未仔が世界の中心なだけに、理由を聞く前から冷や汗ダラダラ。豆腐メンタルである。

夏彦同様、戸惑った様子の未仔に、新那はいつになく真剣な表情になり、

「不安にさせちゃってゴメンね。けど、ミィちゃんの親友だからこそ、ここはハッキリと

言わせてもらうよ」

「ハッキリ、と？」

「うん」と大きく頷いた新那は言葉通り、ハッキリとした口調で告げる。

真実を。

「最近のミィちゃん、クラスで結構浮いてます」

「………。――――え」

未仔、まるで不治の病を宣告されたような。サーッ……、と血の気が引いていく。

浮いていると言われたにも拘《かか》わらず、新那の支えがなければその場に崩れ落ちそう、何なら消えてなくなりそうなくらい儚《はかな》い。

夏彦に関しては、

「未仔ちゃんが浮いてる⁉」

舞空術でも会得したかのようなテンパり模様。

琥珀と草次に関しては、

「何々？　ウチは何人くらい、新那と未仔ちゃんクラスの奴《やつ》らを血祭に上げたらいいん？」

「止めとけ。お前が首突っ込むと、未仔ちゃんが浮くどころの騒ぎじゃなくなる」

関西女&クールガイ、絶妙な漫才を披露。

四者四様のやり取りを捌《さば》くというかスルーできるのは、日々マイペースに生きている賜《たま》物《もの》といえよう。

「安心して。別にミィちゃんは、イジメられてるってわけじゃないから」

胸を撫《な》で下ろす一同に、新那は続ける。

「クラスの皆、ミィちゃんに気を使いすぎちゃってるんだよ」

「私に……？　どうして？」

「夏兄とずっと一緒にいるから」

彼女《みこ》が不思議そうに彼氏を覗《のぞ》くのに対し、妹《にいな》はムスッと眉根を寄せて兄を一睨《ひとにら》み。

「琥珀ちゃんや伊豆見《いずみ》先輩の言う通り、ここ最近のミィちゃんと夏兄って、２人一緒にいる時間が日に日に多くなってるんだもん」

夏彦と未仔は、ここ最近の一日の活動を脳内で思い返してしまう。

朝はどちらかのモーニングコールで起き、待ち合わせをして学校へ。

昼休みは一緒にランチを楽しみ、短い休み時間にも会いに行ったり来られたり。

放課後も校門で待ち合わせし、門限ギリギリまでデートを楽しんだり。

夜は寝落ちするまで電話しちゃったり。

まさに、エブリデイ恋人三昧。

イチャイチャを思い返してしまえば、夏彦はハッとする。

気付いてしまったのだ。

「そうか……！　俺が未仔ちゃんを独占しすぎているせいで、新那たちが遊びに誘いづらくなってるのか！」

「そうですっ！　夏兄大正解！」

「せ、正解したのに全然嬉しくない……！」

誰にも迷惑を掛けていないつもりが、周りに気を使われていただけという事実。

未仔の友達に迷惑を掛ける。それすなわち、未仔にも迷惑を掛けると同義。

何たる失態だろうか。空気を読むことに関してはスペシャリストだと自負していたのに、この有り様なのだから。

はっきりと自覚してしまえば、夏彦はガックリと項垂《うなだ》れてしまう。

「深く考えてこなかったけど、そりゃそうだよな……。俺のクラスでも人気者な未仔ちゃんが、クラスの子たちに遊びに誘われないなんて有り得ないよな……」

「でしょ？　にーなたちだってミィちゃんとスイーツ食べに行ったり、カラオケやお買い物行ったりしたいよ。まだ高校生になったばかりなんだから、もっと交友を深めたいもん」

「俺だって、もっと恋仲を深めたい」と叫びたい。けれど、未仔を独占しすぎている自分に叫ぶ権限がないことくらい夏彦も分かっている。

自分が駄々《だだ》を捏ねたところで未仔《みこ》を困らせることになるのは、もっと分かりきっている。

実際問題、未仔はあっぷあっぷな様子。小さな口をモゴつかせたり、大きく真ん丸な瞳を揺らしつつ彼氏《なつひこ》を見たり、親友《にいな》を見たり。

自分たちのイチャイチャが思った以上に周知の事実だったり、仲の良い友人たちに気を使わせてしまっていたり。いきなりの真相に、脳の回転が追いつくわけがない。

「にーなちゃん、気を使わせちゃって――、その……、ご、ごめんなさいっ！」

罪悪感に圧し潰されそうな未仔に対し、新那はゆっくりと首を振る。

「顔を上げて。ね？」

「で、でも……」

「ミィちゃんがにーなたちを蔑《ないがし》ろにしてたわけじゃないのは分かってるよ。それにさ、皆もミィちゃんの恋路を応援したいからこそ遠慮がちになってただけだから」

温かい言葉を掛けつつ、そのまま未仔をギュッと抱き締める。

そして、普段どおり、まったりした笑顔で言うのだ。

「小さい頃からミィちゃんの親友なんだもん。お節介くらい焼かせてよ」

「にーなちゃん……！　ありがとうっ！」

謝罪から感謝に変われば、新那に負けじと未仔も熱い抱擁を交わす。

「今日ね。球技大会終わり、クラスの皆で打ち上げすることになったんだけど、ミィちゃんも一緒に行かない？」

「私も、……いいの？」

「何言ってるのさ。ミィちゃんも同じクラスなんだから、いいに決まってるでしょ」

少しばかり残った未仔の不安を新那は払拭すべく、

「ミィちゃんが打ち上げに来ていいか証明してあげよっか？」

「？？？　証明って――、」

方法を尋ねる時間も与えない。新那が後方で様子を窺《うかが》っていたグループ、自分たちのクラスメイトへと大きく手を振りながら声を張る。

「皆――！　今日の打ち上げ、ミィちゃんも来るって――♪」

「「「「おお――!!!」」」」

未仔の打ち上げ参加を心から待ってましたと、助さん格さん、未仔クラスの野郎共中心に大盛り上がり。

余程、嬉《うれ》しいのだろう。仲良しグループの女子たちなど、喜びを共有すべく駆け寄ってくる。「未仔と新那だけズルい!」と、互いに互いを抱き締めあって百合《ゆり》百合パーティー。

「あははっ! 皆、くすぐったいよう!」

自分に向けられた一人一人の笑顔を見てしまえば、未仔は如何《いか》に自分が愛されているのかを思い知らされてしまう。自然と笑顔がうつってしまう。

そんな美しき友情を目の当たりにすれば、琥珀や夏彦の目頭も熱くなる。

「うんうん……。ええ話やないの。やっぱり、友情・努力・勝利は尊いんやね」

「三原則は関係ないと思うけど。まぁ、そうだな……。未仔ちゃんがいじめられてるわけでもなかったし安心したよ」

微笑《ほほえ》ましい光景をいつまでも目に焼き付けたいと夏彦は思う反面、「さすがに今日は一緒に帰れないな」と寂しい気持ちも芽生える。

しかし、夏彦は思い知らされることになる。

そんな寂しい気持ちなど、あまりにも小さき事だということに。

「よーし! 今までのミィちゃん不足を補うために、夏休みは思う存分皆で遊ぼ~~~

♪」

「「「お〜〜♪」」」

キャピキャピする女子グループの傍《かたわ》ら、

「…………えっ⁉」

不治の病どころか、「余命あと5分です」と言われたかの如《ごと》し。妹が唱えた言葉を理解できず、夏彦の口がポッカリ開きっぱなしに。

開ければ開けるほど、未仔と過ごすために空けていた夏休みの一日一日が黒く塗り潰されていく感覚に襲われる。

カラオケデート、勉強デート、海水浴デートなどなど……。その全てが無きものにされてしまえば、泣き者になるのは目に見えている。

両手をTの字にした夏彦が、「ちょ！　ちょっとタイム！」と電撃特攻。

するのだが——、

「夏兄」

「え」

「今の今までミィちゃんを独り占めしてたんだから。夏休みまでにーなたちの思い出作りの邪魔しないよね？」

「…………」

10対0とは言わない。けれど、それに近しい割合で未仔を独占してきた。「俺も未仔ちゃんと思う存分遊びたい」などと言うのはあまりにも虫が良すぎるわけで。

尋ねずにはいられない。

「あ、あの〜〜、新那さん？」

「なにさ、夏兄」

「俺は一体、どのくらい未仔ちゃんと夏休みは遊べるのでしょうか……？」

親友を奪われ続けた積年の恨み？　兄をからかいたいだけ？　意外とSっ気がある？

新那は戦々恐々する夏彦に至極ご満悦。

「さてどうでしょ〜♪」

ニッコリ笑顔でベッ！　と短い舌を出した後、新那は未仔や友達の背を押しつつ、

「ミイちゃんと皆！　次の試合も頑張るぞー！」

「「「お〜〜♪」」」「えっ。あ、うんっ！」

「ちょ、ちょっと！　み、未仔ちゃ――――――ん！」

次の試合へ挑むべく、戸惑ったままの未仔を引き連れ、新那は逃げるようにフェードアウト。

夏彦は追いかける気力もなく、その場で跪《ひざまず》いて瓦解。

「な、何てことだ……。練りに練った未仔ちゃんと過ごす夏休みの日々が……詰んだ？」

彼女と過ごすサマーバケーションに胸躍らせていたはずが、まさかの、ぼくのなつやすみソロプレイ状態？

「ナツ、そない落ち込まんでも大丈夫やって」

「琥珀……」

ソロプレイなどさせはしない。片膝突いてまで夏彦に優しく語り掛ける親友。琥珀《こはく》
まるで、『未仔ちゃんに新那がいるように、お前にはウチがいる』と言わんばかり。

夏彦の心を少しだけ軽くした琥珀が、気概に満ち溢《あふ》れた表情でサムズアップ。

「今年の夏は、『モンハンライズ　勲章フルコンプするまで帰れま10《テン》』やね」

「俺の感動を返せコンチクショ――――――ッ！」

夏彦は思う。

俺の親友は、何でここまでスパルタなのだろうと。

2章：未仔LOST、夏彦CRY

夏休みに入ってしまえば、彼女の愛妻弁当を味わうことは難しい。

その代わり、

「ナツ君、お待たせしました♪」

できたてホヤホヤの手料理を思う存分堪能することができてしまう。

エプロン姿の未仔《みこ》が、真心込もった料理の数々をキッチンテーブルへと配膳していく。

通い妻状態ともなれば、傘井《かさい》宅のキッチン周りや食器棚の使い勝手はお手の物。

本日の昼食は、具材がふんだんに盛り付けられた盛岡《もりおか》風冷麵。

半透明なツルモチ麵を瑞々《みずみず》しいトマトやキュウリといった夏野菜、ふわっと黄金色に輝く錦糸卵らが華やかに彩り、未仔お手製のじっくりコトコト煮込んだチャーシューが店顔負けのゴージャス感を醸し出す。サッパリした柑橘系《かんきつけい》スープにチャーシューの甘辛タレが加われば、食欲増進待ったなし。

副菜やデザートにも抜かりはない。夏バテ対策を意識した長ネギと生姜《しょうが》香るワンタンスープであったり、和風白ダシがたっぷりしみ込んだナスの揚げ浸しであったり、キンキンに冷えてやがるスイカシャーベットであったり。

最後に、

「今日は張り切っちゃいました♪」

未仔の0円スマイルが輝けば、満漢全席の完成である。

キッズたちにとってハッピーセットがオマケではないように、彼氏《なつひこ》にとって彼女《みこ》の0円スマイルは100万ドルの夜景。

家庭的な彼女を愛さずにはいられない。

我慢することなどできないと、夏彦《なつひこ》は未仔を抱き締めてしまう。

突発的な彼氏のスキンシップに、きょとんとする未仔なのだが、

「もうっ……。ナツ君に抱きしめられちゃったら、受け入れることしかできないよ」

驚いたのは最初だけ。甘えにゃ損損、夏彦に負けじと腰に手を回して抱擁《ハグ》返し。

クーラーが少し効きすぎた室内なだけに、エプロンから露出した華奢《きゃしゃ》な肩や腕を温めるかのように、甘えん坊な未仔が夏彦で暖を取る。「安心しちゃうなぁ」と頬《ほお》や髪をスリスリとマーキングしたり、「貴方《あなた》のおかげでドキドキしちゃってます」とたわわな胸をへしゃげるくらい押し付けてきたり。

挙句の果てには、夏彦の唇にチュッ、と口づけ。

顔を近づけたまま、未仔は言うのだ。

「あのね……、お腹《なか》いっぱい食べた後は、私と一緒に幸せいっぱいになってくれる？」

この後、夏彦が美味《おい》しくいただきました。

◆◆◆

みたいな妄想を、夏彦は夏休み直前まで何度も膨らませていた。

しかし、現実はどうだろうか。

「…………」

卓上テーブルのド真ん中には、ボウルに山盛り一杯の素麺《そうめん》、そうめん、ソーメン。

シンプル・イズ・ベスト故、薬味や刻みノリなど皆無。『夏野菜？　惣菜《そうざい》？　何それ美味しいの？』状態。

漢《おとこ》は黙って麺をすすれいいと言わんばかり。濃縮タイプの麺つゆ、飲み水兼薄めるためのミネラルウォーターの二大巨頭がそびえ立つ。

夏彦が素麺へと割り箸を入れてみる。

本来なら、ツルンと箸通り良く麺を掴《つか》めていただろう。

「箸が入らない……」

湯切りしてしばらく経過した麵は、パッサパサのカッピカピ。入らないのならブッ刺すまで。力いっぱい麵を持ち上げ、想定した3倍以上の麵を支給された受け皿《マグカップ》へＩＮ。

そのまま、ほぐした麵をもそっと一口。

「うぅ……。ぬるい……、しょっぱい……」

氷はジュースで使い切ったため不使用。麵は十分に水で洗っていないため塩分過多。トドメは食感だろう。「小分けに茹《ゆ》でるのは、ウチの性に合わへん」と、料理長の独断と偏見によって鍋にブチ込まれた麵は、パリッとしていたりドロッとしていたり。食感の究極デスマッチ。

総評。

「ま、不味《まず》いぃいぃ……っ」

「シャラァァァプ！　さっきから文句とため息ばっかり！　黙って麵をすすらんかい！」

「うわぁぁぁぁん！　未仔ちゃんの手料理が恋しい────っ！」

料理長《こはく》に激怒されれば、夏彦も負けじと大号泣。

地獄の素麺生活7日目の昼である。

今頃の夏彦は、未仔とイチャイチャラブラブな夏休みを謳歌《おうか》していたはずだった。

彼女の手料理をご馳走《ちそう》になったり、海や動植物園といったデートスポットに足を運び、かけがえのない思い出を築いていたはずだった。

はずだった。

現実の夏彦は、去年同様、悪友の家でゲームに明け暮れる日々。

「おはよう」の挨拶と同時にゲーム機を起動させ、2人一緒にモンスター討伐に勤《いそ》しむ勤しむ。何体もモンスターを狩り続ければ、どちらが現実世界なのか分からなくなることもしばしば。

昼になれば、琥珀《こはく》の実家から送られてきた大量の素麺を消化する時間。インスタントラーメンやコンビニ飯が主食の琥珀が、素麺を美味しく茹でれるわけもなく。

ゲーム内の主人公たちが、毎度美味《うま》そうに飯を平らげる姿にグーパンしたくなるのはお察しの通り。

何だかんだ言って悪友とゲームするのは楽しいし、ゲームに没頭することで彼女と遊べない寂しさを多少は紛らわすことができる。けれど、残飯処理に等しい昼飯タイムは、どうしても未仔のことを思い出して恋しくなってしまう。邪悪な素麺をすすればすするほど、如何《いか》に自分の好みや栄養を考えて、未仔が美味しい手料理を振舞ってくれていたのかを痛感してしまう。

鼻をすする夏彦に対し、琥珀は豪快にも麵をすする。勢いあまった麵つゆがタンクトップからはみ出した谷間に飛ぶものの、恥じらうことなく堂々と指で拭う姿が漢らしい。

「せやかてナツ。未仔ちゃんと遊べなくなったのは自業自得やん」

「確かにそうではあるんだけどさ……」

夏休みに突入して早一週間。

夏彦と未仔は、デートは疎《おろ》か、未《いま》だに顔すら合わせておらず。

理由は勿論《もちろん》、未仔と過ごす優先権が、妹や未仔フレンズに譲渡されてしまったから。

互いの性格や環境などによって、一週間以上会わないカップルもいるだろう。

しかし、夏彦と未仔は超弩級《ちょうどきゅう》のバカップル。付き合い始めてからというもの、ここまで会わない日はなかった。

まさに非常事態宣言、未仔と密になりたい夏彦は、食欲がないと箸を置く。

食欲がないのは、シンプルにクソ不味いのも理由だが。

「毎日一緒にいたのに、こうもパッタリ会えなくなっちゃうと遠距離恋愛してるみたいで寂しくて、寂しくて……」

「会いたくて震える乙女か」

琥珀のツッコミも何のその。ぼんやり蛍光灯を眺める夏彦の眼差《まなざ》しは、地面にひっくり返って死期を待つセミの瞳とよく似ている。

「夏休みに入ってから琥珀の家を往復しかしてないんだけどさ……。行き帰りの道中は、『未仔ちゃんと会えるかも？』って辺りを見渡し続ける日々だよ……」

信号待ちする横断歩道、駅のホームや電車内は勿論のこと、身長が150センチ前後の少女とすれ違うたびに3度見する毎日。ランドセルを背負っていようとも、「もしかしたら？」と本気で考えてしまう残念思考。

「昨日の帰り道なんて無駄に遠回りし続けた結果、気付いたら隣町まで歩いてたよ」

「おおう……」

現実世界だけでなく、ゲームの世界でも禁断症状が出てしまっているようで、

「モンスターと戦ってるとき、『木陰からひょっこり未仔ちゃん出てこないかな？』ってヨソ見しちゃったり、少しでも寂しさを埋められるかもと思って、オトモ猫に『ミコニャン』って付けてみたりもしたさ」

「時々、意味分からんタイミングで雑魚死してたんは、そういう事やったんか……」

「ははは。笑っちゃうだろ？」

「笑っちゃうというより、普通に引くんやけど」という言葉を、琥珀は素麵と一緒に無理《む》矢理《やり》飲み込む。ドン引き発言&邪悪な素麵のWパンチは胃の負担も相当らしく、しかめっ面で腹をさすり続ける。

「そんだけ幻覚症状とか禁断症状出てるなら、今日の帰りにでも会えばええんとちゃう？何なら今からでもココへ呼べば――」

「それはできないっ！」

琥珀の提案を聞き終えるより先、夏彦が首を激しく横にシェイキング。

「はへ？　何でですのん？」

「俺だってメチャクチャ会いたいさ。――けど、俺が今感じているような寂しさを、新那《にいな》や未仔ちゃんの友達にも感じさせてたわけだから。相応の罰は受けないとダメだなって」

「はぁ〜。相変わらずバカ正直なやっちゃなぁ〜」

付き合い立ての頃は、「恋人と友人、どちらも大切にしよう」と、夏彦なりにケアしてきたつもりだった。何なら新那に指摘されるまでは意識していた。

否《いな》。意識していた『つもり』でいた。

気付いてしまう。琥珀や草次《そうじ》、奏《かなで》といった自分の身の回りにいる友人にしか気が回っていなかったことに。

すなわち、未仔側の交友関係を全く意識できておらず。自分側の交友関係に満足していただけ。

未仔に相応《ふさわ》しい男を目指しているにも拘《かか》わらず、配慮不足は大きなマイナスポイント。

というわけで、平々凡々ながら愚直な男は反省せずにはいられない。会いたい欲求はあれど、罰はしっかりと受け入れなければならない。

それが夏彦の出した答えである。

実に素晴らしい判断にちがいない。

ちがいないのだが――、

「そない情けない顔で言われたら、説得力皆無やけどね」

「ぐっ！」

いくら決意を表明しようとも、寂しいものは寂しい。会いたくて会いたくて震えてしまうのがバカレシの性《さが》。

琥珀に的確な返しをされてしまえば、夏彦はテーブルに突っ伏してしまう。

「あぁ……。未仔ちゃん、今頃何してるかなぁ……」

「うーん、どーやろか。案外ナツのこと忘れて夏休み満喫しとんちゃう？」

「ぐぐっ！」

夏休み明け。一ヶ月ぶりに対面した未仔が、自分のことをすっかり忘れてしまっている展開を想像してしまうと、夏彦の顔は自《おの》ずと青ざめる。

「どうしよう……。久々に会った未仔ちゃんに、『あれ？　ナツ君だっけ？　フユ君だっけ？』みたいなこと言われちゃったら……」

「未仔ちゃん、どんだけアホやねん」

「未仔ちゃんをアホ扱いするなぁ！」

「アホは、お・ま・え」

「酷《ひど》いっ！」

顔を押さえてメソメソする夏彦だが、琥珀としてはさっさと昼食を済ませてゲームを再開したい。というのもあるし、目前の邪悪な素麺を自分1人で平らげるのは無理ゲー。

「ほれナツ。素麺でも食べて元気出さんかい」

間接キスなど気にしない琥珀、MY箸を素麺の山へとブッ刺すと、そのまま夏彦の受け皿へと不法投棄。

しようとするのだが、

「もうお腹いっぱい」

サッ！　と夏彦が受け皿を両手で覆う。

元気が有ろうが無かろうが。夏彦としてもこれ以上、身体《からだ》に優しくない物質を摂取したくはない。

琥珀が許すわけもなく、

「食べ盛りが何言ってんねん。それとも何か？　未仔ちゃんの手料理は食べられて、ウチの手料理は食べられない言うんか？　黙って食らえい！」

「い、嫌だぁ！　てか、一週間連続でお前の素麵食べてるだろ！」

指と指の隙間を狙って素麵を受け皿へぶち込もうとする琥珀と、ぶち込まれて堪《たま》るものかと受け皿を必死に押さえ続ける夏彦。

「いぎぎ……！」「ぐぎぎ……！」

不毛な争いである。

「そもそもの話！　何で麵を茹でるだけなのに、日に日に不味くなるんだよ!?」

「しゃーないやろ！　日に日に茹でる時間とか分量とか気にするの面倒になるんやから！クックパッドなんかウチには要らんねん！」

「お前が世界一要るわ！」

「未仔ちゃんにも同じこと言えるんか？」

「えっ」

変化球な琥珀の問いに、夏彦が言葉を詰まらせる。

「この不出来な素麺《そうめん》を未仔ちゃんが作ったとしてや。ナツは同じように『不味い』って言えるんか？」

「！　そ、それは……」

夏彦は思わず想像してしまう。

『ナツ君、ごめんなさい。今日のお素麺、大失敗しちゃったの……』

瞳に涙を溜《た》め込んだ未仔が、申し訳なさげに不出来な素麺を持ってくる姿を。

「──確かに、未仔ちゃんが真心込めて作った料理に不味いなんて言えない」

「せやろ？『クックパッドが世界一要る』とか言われたら、幼気《いたいけ》な未仔ちゃんどころか、普通の女子なら2、3日凹《へこ》むで。全く凹まんのウチくらいやで」

「お前は全く凹まないんだ……」

夏彦の呟《つぶや》きなど詮無き事。琥珀は大きな瞳を凛々《りり》しくさせ、

「そこで導き出される答えがある」

「答え？」

言うが早いか。何のこっちゃと首を傾《かし》げる夏彦のもとへ、箸を握りしめた琥珀が四《よ》つん這《ば》いでハイハイしながら急接近。一歩ごとに乳が揺れる揺れる。

夏彦の疑問は止まらない。琥珀が腰を下ろす場所は右隣でもなければ左隣でもなく、己の真後ろ。

琥珀は耳元で語り掛けてくる。

「この素麺に足りひんのは『愛』や」

「あ、愛？」

「せや。愛さえあれば、いくら見た目や味が悪かろうが、彼氏やスタッフ関係なく美味《おい》しくいただけるんやで」

夏彦も齢《よわい》16。テレビ番組の『スタッフが美味しくいただきました』というテロップがお約束なことくらい分かっている。

嫌な予感を感じる間も与えない。

「てなわけや。ウチが一肌脱いだる」

「え。それって、どういう――、⁉⁉⁉　こ、ここここ琥珀⁉」

何を企《たくら》んでいるのか。ガバッ！　と琥珀が夏彦を力いっぱい抱きしめる。

混乱必至。露出過多な服装、タンクトップやショートパンツから大胆に伸びた琥珀の手足が、これでもかと夏彦へと絡んでくる。

密接に絡まれば絡まるほど、未仔に負けず劣らず、何なら勝っているボリューミーな胸が夏彦の背中へと幸福を与え続ける。朝シャンしたからか。煌《きら》びやかな髪やきめ細やかな肌からは、琥珀らしいシャボン系の香りが夏彦を一層絶頂へ誘い続ける。

そんな夏彦の口元に迫り来るのは――、

「ほらナツきゅ～ん、素麺でちゅよ～♪」

「はぁあああん⁉」

素麺リターン。

「ほれ、ナツ！　ウチを最愛の彼女と思い込んで素麺を頰張《ほおば》るんや！　愛さえあれば、たとえ無機物だろうか不燃物だろうが食えるって算段や！」

「どんな算段⁉」

一肌脱ぐ。

それすなわち、今だけ夏彦の彼女になるということ。

琥珀、都合の良い彼女というか、都合を捻《ね》じ込ませる彼女と化す。

「愛さえあればＬＯＶＥ ｉｓ ＯＫ！　愛さえあれば何でもできる！　ナツきゅん、お口あ～～～ん♪」

「そんな作戦で食えるかぁ！　俺は未仔ちゃん一筋――、ぐばぁぁぁ！」

食わないのなら食わすまで。彼女《こはく》が彼氏《なつひこ》の口へと素麵を押し込んでニッコリスマイル。

「美味しい？　美味しいに決まってるやんな？　美味しいって言えコラ」

（し、死ぬほど不味《まず》い……！）

口の中いっぱいがパリッとしていたり、ぶよんっとしていたり、ヌルッとしていたり、ドロッとしていたり。一束の麵でココまで味変《あじへん》できるのだから、琥珀はファンタジスタなのかもしれない。

ファンタジスタのメッキが剝《は》がれ始める。

「ふ、ふふふっ……！　アカン、めっちゃオモロい……！」

「オモロい？　!!!　――お前もしかして、愛だの恋人だのと託《かこ》けて、ただ俺に復讐《ふくしゅう》したいだけなんじゃ……」

「あ。やっと気付いたん？」

「〜〜〜っ！　本性出しやがったなコノヤロウ！」

気付いたのなら、恋人のフリをする必要もない。

「ぐおっ⁉」

全て平らげるまで逃すつもりはないと、琥珀のしなやかな脚が夏彦の腰をガッチリホールディング。謝っても許すつもりはないと、琥珀のたゆんたゆんでバインバインな両乳が夏彦の後頭部にめり込むめり込む。

彼女から拷問官へ。ドSの極み。

「ひゃははは！　不味いって言われて凹みはせんけど、腹立つもんは腹立つんじゃい！」

「腹いせが素麵食わせるなのはおかしいだろ！　自分でも不味いって認めてんじゃねーか！」

「やかましい！　目には目を歯には歯を！　不味い素麵には不味い素麵を！」

「～～～～～ごばぁぁぁ！」

強制的な二人羽織&わんこそばプレイに夏彦悶絶《もんぜつ》。

さすが悪友。夏彦の口の中が空になったタイミングぴったりに、新しい素麵を無理矢理《むりやり》にぶち込んでいく。鬼の子。

素麵ハラスメントからしばらく。

夏彦のスマホから着信音が鳴り響く。

「着、信……？　!!!　未仔ちゃん!?」「あっ！　逃げんなコラ！」

着信の人物はたった一人しか思い浮かばない。

死の瀬戸際だった夏彦、僅かに動く左手でポケットをまさぐり、やっとの思いでスマホを耳へ押し付ける。

「もしもし未仔ちゃん!?」

『???　――えっと、ゴメンね？　私は未仔ちゃんじゃないよ』

残念ながら声の主は未仔ではない。

しかし、その包容力たっぷり、おっとり穏やかな声音を夏彦はよく知っていた。

故に叫ぶ。

「た、助けて奏さん！　琥珀と素麺に殺される！」

『……はい？』

※　※　※

場所は変わって命の恩人宅。

ではなく、恩人の彼氏である草次宅。

ちゅるん、と『真の素麺』をすすれば、琥珀と夏彦は満面のうっとり顔。

「う〜ん♪　素麺ってこんなに美味《おい》しいもんやったんやなぁ」

「うんうん。俺らが食べてたのは何だったんだろうなぁ」

氷のたっぷり入った冷水で引き締めた麺は、艶々と光沢さえ帯びている。

飽きを来させないためだろう。丁寧に一食分ずつロールされた麺の上には、ネギや生姜《しょうが》、大葉やミョウガといった薬味たちが、味や見た目にアクセントを加える。

デザートは別腹であるように、真の素麵、美味《うま》い料理は以下同文。

琥珀がオリーブオイル入りの塩ダレで素麵をすすれば、

「何このタレ⁉　メッチャ美味いやん！　テレビで紹介したら全国のスーパーからオリーブオイル無くなるタイプのやつやん！」

夏彦が大皿に盛られた素麵チャンプルーを頰張《ほおば》れば、

「うまぁ～～！　豚肉の旨味《うまみ》とゴーヤの苦みが素麵とマッチしすぎて、白飯を一気に搔《か》き込みたくなる……！　パパッと作ってこのクオリティ。さすがは未仔ちゃんの師匠！」

夏彦&琥珀がグラスに注がれた麦茶をグイッと一飲み。

「「ああ……。幸せ……」」

「君たちは大袈裟《おおげさ》だなあ」

そう言いつつ、2人が美味しそうに食べている姿が嬉《うれ》しいのだろう。素麵を調理したお姉さんもニッコリ微笑んでしまう。

手入れの行き届いた黒髪ロングに、大きな瞳に負けないくらい長い睫毛《まつげ》、麗《うら》らかで柔和な笑みが輝かしく、今日も今日とて『大和撫子《やまとなでしこ》』という言葉が相応《ふさわ》しい。

家事のマストアイテム、エプロン姿も組み合わされば、男であれば誰しもが一家に1人欲しいお姉さんであること間違いなし。

彼女の名を瀬下《せした》奏。

友《そうじ》の彼女であり、恋人《みこ》の先輩である。

「夏彦君、電話で助けてなんて叫ぶから、何事かと思ったよ」

「いやいや、本当に危なかったんですって。奏さんから電話が来なかったら、二度と素麺を食べたくない身体《からだ》にされてましたよ」

「なんやコラ。またウチとイチャイチャ二人羽織プレイしたいんか？」

「してたまるか！」

傍《はた》から見れば、彼女を差し置いてマニアックなプレイで浮気していると思われても仕方ない。

けれど、夏彦と琥珀の関係を知っている奏なだけに、浮気ではなくシンプルなじゃれ合いなのはよく分かっている。安心して2人のやり取りを見届けることができる。

「ナツきゅん、お鼻あ〜ん」

「は、鼻の穴にワサビを入れようとするなぁ！」

それがハードなやり取りだったとしても。

「人ん家《ち》で暴れんじゃねえ」

住人としては溜《た》まったもんじゃない。ベランダでの作業を終えた草次が、不毛な争いを繰り広げる2人へ呆《あき》れ気味に言い放つ。

ちなみに草次の作業内容とは、妹たちが遊ぶためのビニールプールを膨らませること。クールな男といえ、兄としての家族接待はしっかり務めているようだ。

「お疲れ様。そーちゃんも琥珀ちゃんから貰《もら》った素麺《そうめん》食べる？」

「昼飯はさっき食ったからいいわ。アイスコーヒー頼む」

「はーい」

兄というよりは、旦那という表現のほうがしっくりくるのかもしれない。それくらい草次と奏のやりとりは、おしどり夫婦感が滲《にじ》み出ている。

ちょっとしたすれ違いによって破局危機に陥っていた2人だが、それはもう過去の話。現状の何気ないやり取りを眺めるだけで、「自分たちの目指すべきカップル像は、やはり草次と奏さんだ」と夏彦の頬は思わず緩んでしまう。

ドタドタドタ、と二階から騒がしい足音が迫って来れば、

「ナツヒコ♪　ナツヒコ♪」

「コハク♪　コハク♪」

ビニールプールをエンジョイする気満々。草次の双子の妹、ミッちゃん&サッちゃんがフリフリレースの水着姿でご登場。

「ミッちゃんとサッちゃんも何か飲む？」

「「カルピス～!!!」」

奏へと元気いっぱいにオーダーを通した双子は、そのまま夏彦と奏の膝元へとちょこんと着座。ビニールプールの水が満タンになるまでの待機場所にするようだ。

「可愛《かわい》い水着で御粧《おめか》ししてからに。ウチがアンタらくらいの頃は、スッポンポンで水遊びしてたで」

「お前はどこの親戚のオッサンだよ……」

「子供の頃は羞恥心全く無いのに、成長するにつれて恥ずかしくなるのって何でなんやろねー」

夏彦は琥珀との常日頃のやり取りを思い浮かべてしまう。

『乳重くて肩めっちゃ凝る。ナツも体験してみる？』

自分の肩に大きく実った乳を載せようとしてきたり。

『あ。ブラ着けんの忘れてた。まぁコンビニ行くだけやしエエやろ』

自宅ではノーブラ生活であったことを思い知らされたり。

思い浮かべれば思い浮かべるほど、「どの口が言っているのだろう」という感想しか出てこない。

挙句の果てには、「ええな～。ウチもめっちゃプール入りたいわぁ」とベランダに設置されたビニールプールを眺め始める。

「水着持ってきてへんけど、バスタオル貸してもらえたらワンチャン入れ——、」

「入れるか！　ご近所に通報されるわ！」

大人になった琥珀が習得した羞恥心。

バスタオル一枚分也《なり》。

夏彦渾身《こんしん》のツッコミも何のその。

「ちぇー。こんなことなら常日頃水着を常備しとけば良かったわー」

意味不明な供述をしつつ、己の膝で素麺をつまみ食い中のサッちゃんの頭に顎を載せれば、琥珀の水浴びしたい欲は増すばかり。

「ウチも泳ぎたーい。必要最低限の布地で周りが引くくらいバタフライしたーい」

夏彦は思う。やはりコイツには羞恥心など存在しないのだと。

「海行きたーい。スイカ割りでアクシデント装って、ナツの脳天カチ割りたーい。ナツの背中に白ポスカで昇り龍《りゅう》の落書きして、日焼け跡を刺青《いれずみ》チックにしたーい」

夏彦は思う。コイツと海に行くメリットは何一つないのだと。

そんなことを考えた矢先だった。

「じゃあさ。海行っちゃおっか」

「エエですのん⁉」「ええっ⁉」

エプロン姿のお姉さん、夏彦&琥珀にまさかの提案。

琥珀としては願ったり叶《かな》ったり。キラキラ瞳でテンション爆上げ。

夏彦としては全くの予想外。「奏さんは俺に恨みでもあるのだろうか……?」と濁った瞳でテンション爆下がり。

勿論《もちろん》、夏彦に復讐《ふくしゅう》するために奏が提案したわけではない。

「実はね。夏彦君に今日電話したのは、『皆で泊まりがけで遊びに行こう』ってお誘いするためだったの」

「！　泊まりがけで、ですか？」

「うん♪」

奏がニッコリ頷けば、「はいはいはい！」と双子に負けないくらい元気いっぱいに琥珀が手を上げる。

「めっちゃ行きたい！　せやけど、こんな中途半端な時期から、海が近くて大人数で泊まれる場所なんてあるんかな？」

その疑問、待ってましたと言わんばかり。

「琥珀ちゃん、それがあるんです！」

「ホンマに⁉」

おっとり穏やかなお姉さんのドヤ顔ピースは、そりゃ破壊力抜群。

ノリノリなテンションになっているからか。エプロン姿の奏は家庭的な女性というより、通販番組で調理器具やらクリーナーを実演販売する名物ＭＣと重なる。

のめり込みやすい体質の琥珀など、もはやどんな商品にも必ず食いつくお手軽芸能人。

またの名をチョロイン。

「けど奏さん。そんな良物件なら、宿泊費がお高いんちゃいますのん？」

「ふふふ……」

「⁉　――そ、その反応はもしや！」

「なんとですっ。今ならタダで二泊三日泊まれちゃいます♪」

「えーっ！」

「しかも、当日は貸し切りにしてくれるとのことですっ。新しく改築したばかりの施設を使い放題でーす♪」

「ひゃあああ〜〜〜！」

「目の前に広がる海で泳ぎ放題っ。ヒノキ香る大浴場で寛《くつろ》ぎ放題っ。プレイルームでは卓球やビリヤードなんかで遊び放題でーす♪」

「くぅぅぅ〜〜〜〜！」

「そして！」

「そ、そして……？」

固唾《の》を呑む琥珀へフィニッシュブロー。

「なななんと！　巨大スクリーン＆大迫力３Ｄスピーカーが設置されたシアタールームも完備！　琥珀ちゃんの大好きなゲームを思う存分プレイし放題となっておりま―――す♪」

「たっっっっはぁぁぁぁ〜〜〜〜〜ん！」

まさにオーバーキル。ゲーマーを射抜くには十分すぎる殺し文句に、琥珀がゆっくりと仰向《あおむ》けに倒れ込む。抱きしめたままのサッちゃん、ジェットコースター感覚で大はしゃぎ。

起き上がる時間さえ惜しいと、琥珀は奏へ親指を立ててグッジョブポーズ。

「さすがウチらの奏さんやで。こない頼もしい姉御なら、二泊どころか百泊でも千泊でもお供しまっせ」

「ほんとに？　ふふっ！　すっごく嬉しいけど、さすがに二泊以上泊まるのは難しいよ」

「なははは！　ジョークジョーク！」と琥珀が高笑えば、奏だけでなく双子たちも大きく口を開けて笑い合う。

そんな微笑《ほほえ》ましい光景に水を差す趣味はない。けれど、あまりにも美味《おい》しすぎる話なだけに、夏彦としては『どうしてタダなのだろう』と気になってしまう。

「何か裏があるかもって思ってるだろ？」

「えっ」

さすがは草次といったところか。夏彦の顔に書いた疑問を簡単に読み取ってくれる。

「特にマイナスな理由は無いから安心しろ」

「そう、なの？」

「おう。ネタバレすると、奏の親戚がゲストハウスのオーナーやってんだよ。それで改装工事が予定よりも早めに終わったから、折角《せっかく》だし友達連れて遊びに来いってさ」

「──成程。それでこんなに好条件なのか」

「そういうこった」「そういうことでーす♪」

ハモったことが嬉《うれ》しいのか、自分の代わりに説明してくれたことが嬉しいのか。奏は最

愛の彼氏である草次の頭を良い子良い子と、それはそれは愛《いと》おしく撫《な》で続ける。

草次は拒むだけ無駄なことを理解しているようだ。グラスにたっぷり氷の入ったアイスコーヒーをストローで飲み続ける。若干照れを感じているのはココだけの話。

彼氏《そうじ》とスキンシップできたし、何よりも魅力的な旅行であることを可愛い後輩たちにプレゼンすることができた。

奏がノリノリ気分のまま高らかに拳を突き上げれば、

「というわけです♪　二泊三日の旅行で最高の夏休みを作っちゃおー！」

「サー、イエッサー!!!」

同じくノリノリの琥珀が敬礼ポーズで契りを交わす。

『次に元気いっぱいの返事をするのは君です』と、歌のお姉さんチックに奏は夏彦へと耳を澄ませる。

「さーさー♪　夏彦君も未仔ちゃんを誘って、一緒に楽しんでくれるかなー？」

「………………」

「あれれ？」

予想外。長く艶《あで》やかな髪がなびくくらい、奏は首を傾げてしまう。

それもそのはず。「サー、イエッサー！」という返事を期待していたにも拘《かか》わらず、夏彦の表情には虚無感しか漂っていないのだから。

ブラック企業に勤める社畜リーマンでももっと良い顔をしていると思えるくらい。ちょっと小突けば塵《ちり》になってしまいそうな。そんな戦死顔。

小突くまでもない。

「もしかして、まだ未仔ちゃんと会ってないのか？」

「ぐふっ……！」

まるでバルス。草次のピンポイントすぎる問いに、夏彦がゆっくりと仰向けに倒れ込む。

抱きしめたままのミッちゃん、フリーフォール感覚で大はしゃぎ。

夏彦同様、隣でひっくり返ったままの琥珀が盛大にため息を吐く。

「草次と奏さん聞いてーな。ナツの奴《やつ》、夏休みのド頭からずっとこの調子なんよ」

「ウジウジ、ジトジト。お前は梅雨かっ」と琥珀が夏彦の頭を軽めに小突く。

いっちょ前に反論する気力は残っているようで、

「し、仕方ないだろ！　俺にとって未仔ちゃんロスは一大事なんだから！」

「ロスて。未仔ちゃん死んでへんやろ」

「みみみ未仔ちゃんを勝手に殺すなぁ！　いくら友とは言え、これ以上の狼藉《ろうぜき》は――、」

「じゃかましい。ゆけ、ミキとサキ」

琥珀の指パッチンと同時、小さな天使たちが小悪魔と化す。

「『コチョコチョ♪　コチョコチョ♪』」

「ちょ、ちょっと!?　あひゃひゃひゃ！　や、やめてミッちゃんとサッちゃん！　ひゃははははは〜〜〜」

まとわりついてきた双子が、これでもかと夏彦のわきを小さなお手手でくすぐり攻撃。右わき担当がミッちゃん、左わき担当がサッちゃんなのは言うまでもない。

過呼吸を繰り返すこと1分弱。夏彦のHPはあっという間にゼロ。

「ご苦労」と琥珀が再度指パッチンすれば、ミッちゃん&サッちゃんは『使えなくなった玩具《おもちゃ》に興味はねぇ』と、ビニールプールのもとへとスタコラサッサ。

「雑魚が。ウチに逆らうからこうなんねん」

「……す、すいませんした……」

完膚なきまでに叩《たた》きのめされれば、反論する気力もついには失《う》せる。

笑いすぎた故の涙なのか。はたまた、未仔ロスの弊害か。

ボロ雑巾と化した夏彦、一筋の涙と弱音がポロリ。

「俺だって未仔ちゃん誘って、皆と一緒に旅行を満喫したいですよ……。けど、未仔ちゃんの友達への配慮を怠った俺は、未仔ちゃんを誘う権限なんて持っちゃいけないんですよ

「……」

琥珀宅でのやり取り再来。ダークサイドにどっぷり浸《つ》かる夏彦を見てしまえば、『ダメだコリャ』と琥珀は肩をすくめる。事情を知っている草次と奏も思わず聞き入ってしまう。

「俺に皆がいるように、未仔ちゃんにだって沢山の友達がいるんだ。――ううん、沢山の友達をこれから作っていかないとダメなんだ」

夏彦はただ不貞腐《ふてくさ》れたり、ヘラっているわけではない。

ちゃんと未仔のことを第一に考えている。大切な存在であるが故、自分が足を引っ張るわけにはいかないと本気で思っている。

平々凡々な自分には勿体《もったい》ないくらい人気者な彼女だ。自分が独占しすぎた結果、クラスメイトであったり、これから知り合うであろう人々に、『あの子はノリや付き合いが悪い』『彼氏にしか興味がない』『遊びに誘ってもどうせ断られる』などと、不本意なレッテルを貼られてほしくはない。

「未仔ちゃんには幸せな学園生活を送ってほしいんだよ。――だからこそ、今は新しい友達との交友を優先すべきなんだ……!」

半泣きの夏彦は、まるで自分に言い聞かせるような。

実際、言い聞かせているのだろう。気を抜けばランドセルを背負った幼女を『未仔ちゃんかも？』と思うくらいヤバイ奴に成り下がっている。

とはいえ、いつまでもひっくり返ってメソメソしている場合ではない。

自分が夏休み前にイチャコラしすぎたせいで、未仔のスケジュールは埋まってしまった。

結果、大先輩である奏にも迷惑をかける形になってしまった。

ゆらりと立ち上がった夏彦は、奏へと深々と頭を下げる。

そのまま、声高々に謝罪表明。

「というわけなんです！　誠に遺憾の意ではあるのですが、今回の旅行は見送りとさせて――、」

「夏彦君、夏彦君」

「え」

謝罪会見中に言葉を遮られ、夏彦は思わず顔を上げてしまう。

「君は過保護かっ」

顔を上げた直後。夏彦の頭頂部に奏の激弱チョップが炸裂《さくれつ》。

ツッコミ慣れしていないのは丸分かり。もはやチョップというよりワンコのお手。

不満や怒りをぶつけられることも覚悟していた。にも拘わらず、奏の表情は朗らかそのもの。普段と何ら変わらない優しいお姉さんである。

「ダメだよ夏彦君。未仔ちゃんのことを大切にしすぎて、自分だけで全部解決しようとしちゃってるもん」

「自分だけ、ですか？」

「そうそう。肝心の未仔ちゃんの意見や気持ちが入ってないでしょ」

「――あ……」

夏彦が小さく口を開けば、やっと気づいてくれたと奏は微笑む。

「気を使うのは良いことだと思うよ。けどね？　いち彼女としては、大好きな彼氏だけに我慢や負担をさせることはしたくないっていうのが本音かな」

卑屈さＭＡＸ、荒《すさ》んだ男の心に染み渡ることこの上なし。先輩としてのアドバイスではなく、彼女としてのアドバイスは、今の夏彦にはモロに突き刺さる。

奏の言葉に説得力を感じるのは、奏自身が夏祭りの一件で大きく成長したのを知っているからなのだろう。

「そーちゃんもそう思うよね？」

成長したのは彼女だけではない。奏《かなで》
彼氏もだ。

「まぁ、確かに今回の夏彦は突っ走りすぎてるのかもな」

「え……。俺って、そんなに突っ走ってる……？」

「自覚してない時点でアウトだって。未仔ちゃんに相応《ふさわ》しい男にこだわりすぎなんじゃないか？」

「う……。おっしゃる通りだから否定できない……」

夏彦が言葉を詰まらせれば、草次は「やっぱ図星か」と呑気《のんき》にも笑う。

「別に新那ちゃんや友達から、『夏休みの間は2人で遊ぶな』とか『連絡を一切取り合うな』とか言われてないんだろ？」

「う、うん」

「だったら誘うだけ誘ってみろよ。未仔ちゃんが友達と遊ぶ予定が入ってるなら仕方ないけど、予定が空いている可能性だって十分あるだろうし」

「あ、そっか……。未仔ちゃんのスケジュールが全部埋まってるものだとばかり」

「さすがに数日くらいは空きあるだろ」

愚直で真っ直《ま》ぐ《す》、未仔妄想検定が高段者のバカ彦なだけに、思い込みは人一倍。

まだまだ一縷《いちる》の望み程度なものの、お先真っ暗ロードを突き進んでいた夏彦としては、小さな光も十分すぎる輝き。

未仔の笑顔を思い浮かべれば、己の拳は自然と強まる。もっと素直になっていいと気付いてしまえば、濁っていた瞳に覇気が宿る。

力強く両頬《ほお》を叩《たた》けば、エンジンはフルスロットル。

「よしっ！　俺、未仔ちゃんを旅行に誘ってみるよ！　やっぱり、皆で楽しい思い出を作りたい！」

謝罪ではなく決意を表明すれば、「よく言えました」と奏が拍手で祝福してくれる。

「改めまして夏彦君っ。今年の夏は、皆で一緒に最高の思い出を作っちゃおー♪」

「サー、イエッサー!!!」

床に片肘突いて、ワイドショー感覚でやり取りを眺めていた琥珀も「よう言うた！」と激励してくれる。

「せやでナツ！『とりあえずビール感覚』で未仔ちゃん誘ったらエエねん！　当たって砕けい！　骨は拾ったる！」

「何で断られる前提⁉」

落とすところはキッチリ落とす。それが琥珀クオリティ。

とにもかくにも、バカレシ復活の狼煙《のろし》が昇った瞬間である。

◆　◆　◆

ファミレスでぼんやり考えてしまいます。

「ナツ君は今頃何してるのかな？」って。

「未仔、彼氏さんのこと考えてるでしょ？」

「へっ⁉」

「あははっ！　図星なんだ！」

余程、私は顔に出やすいのだろう。隣に座る友達、杏奈《あんな》ちゃんにズバリ的中されてしまえば、恥ずかしさや申し訳なさでいっぱいになる。

「本当《ほんと》にごめんなさい……。皆で集まってるときにもナツ君——、じゃなくて彼氏のこと考えちゃって……」

「別に悪く思ってないって。ウチらも大概だったけど、未仔もウチらに気を使い過ぎだよ」

「そう、かな？」

「そうそう。ウチとしては、未仔をココまで骨抜きにする彼氏さんのほうが気になるくらいだもん」

杏奈ちゃんは本心で言ってくれているのだろう。謝る理由など何一つないと、チャームポイントの八重歯が見えるくらいの笑みを浮かべてくれる。

温かい言葉、優しい笑顔を受け取ってしまえば、マイナスな感情は何処《どこ》へやら。

へにゃ、と頬《ほ》っぺたが緩んでしまいます。

「えへへ……。骨抜きにされちゃってます♪」

「照れるのは、このリア充か〜〜〜！」

「きゃ〜〜〜♪」

杏奈ちゃんにガバッ！ と力いっぱいに抱きしめられれば、話を聞いていた皆も、

「幸せ分けろ〜〜〜！」

「未仔だけ恋人いてズルい！ というか、羨ましい！」

「期間限定マンゴーパフェでも食らえいっ！」

頬をムニムニ突かれたり、わき腹をくすぐられたり、パフェを食べさせてくれたり。

お仕置きというより只《ただ》のスキンシップです。

口の中が果物やクリームで満たされてしまえば、幸せな気分が一層溢《あふ》れ出てしまう。

勿論《もちろん》、パフェだけが原因ではない。

好きな人と結ばれたことを、祝福してくれる友達が沢山いるのだ。笑顔を我慢すること
のほうが難しいに決まってる。

早くナツ君に会いたいな。

※　※　※

夕日で染まる帰り道。一足先に草次宅を後にした夏彦は、我が家目指して足を動かし続けていた。

いつもの帰り道ならば、小柄な少女とすれ違うたびに三度四度と振り向いてしまっていただろう。三つ編みの人物であれば、たとえラーメンマンであろうともチェックせずにはいられなかっただろう。

しかし、今の夏彦は脇目も振らず家路を目指す。

勿論、寄り道せず真っ直《ます》ぐ帰る理由は、未仔と電話するため。

バカレシの自覚が再び芽生え始めたとはいえ、直ぐに電話を掛けるのは只のバカ。

未仔が友達と過ごす時間に水を差さないためにも、彼女の帰宅した頃合いを見計らって電話する所存である。

急ぐ必要などない。にも拘《かか》わらず、夏彦の歩くスピードが速くなってしまうのは、逸《はや》る気持ちを抑えることができないから。

ここ最近、未仔との連絡を取り合うことさえ控えていただけに、胸のドキドキが止まらない。一刻も早く彼女の声を聞きたいと思ってしまう。

「ただいまっ！」

玄関扉を開けたと同時、履いていたスニーカーを脱ぎ捨て、二階にある自室へと真っ先に駆け上る。

部屋へと入れば、沈み始めた西日が眩《まぶ》しい。真夏に蒸された室内が一層身体《からだ》を熱く火照らせる。

カーテンを閉めることも、エアコンのリモコンに手を伸ばすことも後回し。

夏彦が真っ先に取った行動は、握り締めていたスマホで時刻を確認すること。

「あはは……、やっぱりまだ早いや」

只今《ただいま》の時刻、17時半手前。

未仔どころか、今日日の小学生でさえ公園で遊んでいる時間帯に、思わず苦笑いも出る。

「う〜〜ん、未仔ちゃんは新那と一緒に遊んでるのかな？　――もしそうだとしたら、新那が帰ってきたくらいに電話すべきだよなぁ」

もし琥珀が隣にいたら、「今頃気付くとか。自分、めっちゃアホやん」と小馬鹿にされる確率高し。

頭の中にいる琥珀に腹を立てるのも馬鹿らしいし、自分に非があるのも明らか。

皮肉にも時間だけは、たっぷり残されているわけで。

「ちょっと落ち着くためにも、シャワーでも浴びよ……」

昂《たかぶ》った感情、少し汗をかいた身体を清めようと、箪笥《たんす》の前へと腰を下ろす。

そのまま、替えの部屋着を漁《あさ》っている最中だった。

天使の声が聞こえてきたのは。

「ナツ、君……！」

「え？」

声のするほう、扉前へと夏彦は注目する。

注目してしまえば、摑《つか》んでいた替えのTシャツやボクサーパンツを床に落としてしまう。

瞳は瞬《まばた》きを忘れ、目一杯開き続ける。

真っ赤に染まる太陽は、まるで彼女を照らすためのスポットライト。

優しさたっぷりなあどけない顔立ちに、トレードマークの三つ編みが相も変わらず愛くるしい。

ふんわり大きめのTシャツ+ショート丈のサロペットは初めて見るコーデ。小柄な彼女を一層可愛らしく彩ってくれ、『至高』の一言に尽きる。

「⁉⁉⁉　未仔ちゃん⁉」

紛《まが》うことなき夏彦の彼女、未仔である。

「ど、どうして未仔ちゃんが俺の家に――、」

「ナツく～～～～んっ!!!」

「うおう⁉」

瞳を濡《ぬ》らした未仔が夏彦のもとへと全力ダッシュ。さらには、もう我慢はできないと、甘えん坊の子犬の如《ごと》く飛びついてくる。

押し倒されて驚く夏彦だが、驚くのは一瞬だけ。

自分を力いっぱいに抱き締める彼女の温《ぬく》もり、心を和ませる甘いミルクのような香り、『もっと貴方《あなた》に触れさせて』と柔らか頰っぺまで押し付けてくる甘えっぷり。

決して禁断症状が生み出した幻の未仔ではない。

五感全てが夏彦に言っているのだ。

『お前を抱きしめているのは、正真正銘、本物の未仔ちゃんでっせ』と。

そんなことを考えているのは夏彦だけではないようだ。

「あぁ……。本物のナツ君っ……！　私の大大大大好きなナツ君だ～……！」

ずっと会いたくて会いたくて、ずっと甘えたくて甘えたくて。へにゃ～と未仔は表情を緩ませつつ、彼氏という存在を感じ続ける。

しかし、いつまでも甘えている場合ではないと、未仔は顔を上げる。

「この一週間ね、クラスの友達と沢山遊んだの」

「！　う、うんっ」

「ファミレスやフードコートでお喋《しゃべ》りしたり、かき氷が有名なカフェでシェアしたり、カラオケで中学時代に流行《はや》った曲を皆で歌ったり、モールに行って夏服を選び合ったり。皆すっごく良い子たちで、本当に充実した毎日でした」

実に微笑《ほほえ》ましい話に夏彦の口角は自然と上がる。

心の底から『良かった』という感情が溢《あふ》れる。その反面、ちょっとした嫉妬を未仔フレンズに抱いてしまう自分の器の小ささに嫌気も差す。

未仔の話はまだ終わらない。

「けどね、」

「……けど？」

未仔は恥ずかしげに、申し訳なさげに夏彦へと微笑む。

「日が経《た》つ毎《ごと》に、『ナツ君何してるかな？　早く会いたいな』って想《おも》いが強くなっちゃうの」

「!!!」

驚きを隠せない。大好きな彼女が、自分と全く同じ気持ちを抱いているのだから。

「ごめんね。こんなダメダメな彼女で」

本来なら叱る必要があるのかもしれない。『何のために自分たちは距離を置いたのか』くらい小言を言うべきなのかもしれない。

未仔自身、どんな罰も受け入れる覚悟があるからこそ、正直な気持ちを打ち明けたのだろう。

彼女の本音を聞いた夏彦は、目一杯に肺を膨らます。

そして、声を大にする。

「俺もダメダメなんだ！」

咎《とが》めるためでなく、自分のダメさ加減を伝えるために。

「！　……ナツ君も？」

「うん！　俺なんか未仔ちゃんに会いたすぎて、外に出たときは必ず未仔ちゃんがいないか探してるくらいだよ。夜は寂しさを埋めるために、スマホに入った未仔ちゃんの写真コレクションをループし続ける毎日なんだ」

一般人の感性なら、「キモすぎワロタ」とドン引きされても仕方ない。

しかし、彼氏の暴露に対し、未仔は瞳をキラキラに輝かせる。

「ほんとっ！？　私もなのっ！」

それもそのはず。未仔もまた、恋人を好きで好きで堪《たま》らないタイプの人間である。

「私もね、『ナツ君と会えないかな？』と思ってずっとキョロキョロしちゃうの。夜はナツ君の代わりに、クマのナッツとお喋りしたり甘えちゃってたんだよ？」

未仔の友達だけでなく、ヌイグルミにまで嫉妬《ジェラシー》を覚える夏彦だが、今は彼女と共感し続けたい気持ちが勝る。

共感という名の残念発表会だ。

「三つ編みで赤色のリボンした女の子とすれ違ったとき、『未仔ちゃん⁉』って思わず大声出しちゃってさ。防犯ブザー構えられたときは、めちゃくちゃ焦ったよ！」

「お父さんに『コンビニ行くけど、何か欲しいものあるか？』って聞かれたの。ずっとナツ君のこと考えてたから、『ナツ君』って思わず答えちゃった！」

「マイクラ利用して未仔ちゃんをドット絵で再現しまくってるんだ！　創作意欲沸きすぎて全然ブロック足りないよ！」

「ナツ君のキャラ弁に挑戦してました！　満足のいく作品ができたんだけど、愛情が込もりすぎて全然箸が進まないの。もう作りたくありません！」

「何のまだまだ！」

「私もまだまだ♪」

恋人ロス話は互いに尽きることはないようで、２人は見つめ合う。

けれど、膠着《こうちゃく》時間は10秒も持たない。

「「あははっ！」」

２人仲良く、満面の大笑い。

「こんなダメダメな俺だけど、これからもよろしくね」

「いえいえっ。こんなダメダメな私ですが、こちらこそよろしくお願いします」

２人は安心したのだろう。だからこそ、もっと愛し合いたいと互いを一層抱き締める。

本当に甘えん坊な女の子だ。

「一週間ぶりのナツ君だぁ♪」

夏彦が頭をゆっくりと愛撫《あいぶ》すれば、『もっと色んなところを触って、触って』と左右の頰《ほお》をアピールしたり、喉元をアピールしたり。

触ってもらうだけではまだまだ物足りないんですと、隙を見つけては夏彦の首筋や頰、唇周りへとソフトな口づけをチュッ、チュッ、と繰り返してきたり。

勿論《もちろん》、最後のおねだりは――、

「ナツ君、――してもらっても、いーい？」

未仔が瞳を閉じて唇を差し出してくれれば、夏彦もずっとしたくて堪らなかった唇同士のキスを交わし合う。

久々なだけに少々がっついてしまう夏彦なのだが、未仔としては自分を壊さないように堪《こら》えつつ、それでも求めてくれているのが嬉《うれ》しくて堪らない。嬉しいからこそ、『貴方になら壊されてもいいよ？』という意味を込め、健気《けなげ》に夏彦へと尽くし続ける。

見事なものだ。一週間不足していたイチャイチャを、ものの数分でフルチャージしてしまうのだから。

どれくらいイチャイチャしただろうか？

もっと過充電したい気持ちもあるが、夏彦は思い出す。

「あっ！　そうだ！」

「？？？　ナツ君、どうしたの？」

「未仔ちゃん、一緒に旅行に行かない？」

夏彦からの急なお誘いに、抱き寄せていた未仔の背すじがピン、と大きく伸びる。

「奏先輩が誘ってくれたんだ。親戚の人がゲストハウスのオーナーをやってるらしくて、二泊三日タダで使わせてくれるんだよ。しかも、目の前は海水浴場だから泳ぎ放題！」

彼女の眼差《まなざ》しをひしひし感じつつ、夏彦は改めて勇気を振り絞る。

「その、……どうかな？　未仔ちゃんも一緒に――、」

「行きたい！　ううんっ、絶対行きます！」

未仔、超絶反射の大即答。

「ほ、ほんと⁉」

「うんっ♪　ナツ君や奏先輩たちと一緒にお泊まりできるのに断る理由なんてないもん」

「スケジュール調整もお父さんの説得も頑張ります！」と未仔が両手を握りしめて決意表明すれば、「やったぁぁぁぁ〜〜〜〜！」と夏彦は大喜び。

「えへへ……。」

またしても未仔は夏彦にぴっとり寄り添いつつ、表情を緩ませる。

「うんうんっ。旅行のことを今から考えるだけで笑顔になっちゃいます♪」

「うんうんっ。しっかり予定立てて、最高の思い出を一緒に作ろうね！」

さすがはバカップルに定評のある2人。小指と小指を絡ませて「「ね〜♪」」と指切りし終えれば、またしても不足していたスキンシップを補おうと愛を育み始める。

「2人ともベタベタしすぎー」

「に、新那⁉」「にーなちゃん⁉」

ドア前、ジト目の新那がコンニチワ。

そりゃジト目にもなる。気配を消していたわけでもないのに、自分の存在に気付かず、ずっとイチャイチャ&ラブラブを延々と繰り広げているのだから。

「一体いつからいたんだよ⁉」

「ずっとに決まってるでしょ。ミィちゃんと今日遊んでたのは、にーななんだからさ」

「え⁉ ——あ。……よくよく考えたら、未仔ちゃんだけ傘井家にいるほうがおかしな話か……」

「でしょ？ ミィちゃんが夏兄に会えなくてショート寸前だったから、夏兄に会わせるために家に呼んだんだよ。感謝こそされど怒鳴られる筋合いはありません」

灯台下暗しというか何というか。夏彦は未仔に連絡を入れたい欲が強すぎて、未仔がこんなに近くにいることの不思議さに気付かないくらいのポンコツぶり。

未仔も未仔で本当にショート寸前だったのだろう。だからこそ、夏彦が帰ってきたことに気付き、一心不乱に夏彦のもとへと反射的に駆け寄っている。

周りが見えずイチャイチャ&ラブラブしてしまうのも納得である。

2人がバカップルなことは新那が一番分かっているし、今更どうこう騒ぐつもりもない。

もっと重要なことは——、

「新那も旅行行きたいですっ！」

「ええっ⁉」

右手を天高く挙げる妹、まさかの旅行行きたい発言。

「ミィちゃんとの旅行で夏兄が暴走しないか監視するためにも、にーなも付いて行くべきだと思うの」

「そんなこと言って、純粋に旅行楽しみたいだけだろ……」

「否定はしません♪　だって、にーなもミィちゃんたちとお泊まりしたいもん」

にへら～と頬を緩ませる妹を見てしまえば、夏彦としては反対する気も失《う》せる。

そもそもの話、『にーなちゃんも一緒はダメ？』という感じで見つめてくる未仔の視線に打ち勝てるわけもなく。

「分かったよ。奏さんに新那も参加していいか聞いてみるよ」

「「やった～♪」」

未仔&新那がハイタッチでキャイキャイ。

そんな姿を見てしまえば、やはり自分にとっては妹だが、未仔にとってはかけがえのない親友なのだなと再確認してしまう夏彦であった。

かくして夏休みのメインイベントが決定する。

そして、夏彦は理解していた。自分と妹が未仔を懸けた聖杯戦争を繰り広げることになることを……。

3章：夏だ！　海だ！　大好きな彼女だ！

夏休みも折り返しに入った七月終わり。

本日はメインイベント、二泊三日のお泊まり旅行の初日である。

逸《はや》る気持ちを抑えることなど不可能。テンションMAXの夏彦《なつひこ》が待ち合わせ場所、ターミナル駅内にある広場へと急ぐ。

やはりというか、案の定というか。

誰よりも先に待ち合わせ場所にいる少女が約一名。

ベンチにちょこんと行儀よく座る姿は、小柄な背丈、フランス人形のような無垢《むく》さも相まってシルバニアファミリー感たっぷり。トイザらスに売ってほしいまである。

リネン素材のワンピースとストラップサンダル、麦わら帽子の組み合わせが至高の一言。夏を演出するには持ってこいの涼し気コーデは、彼女のキュートさをさらに引き立たせている。

総評。キュンです。

「おーい！　未仔《みこ》ちゃ〜〜〜ん！」

「あっ。ナツく〜〜〜ん♪」

まるで一年ぶりに再会した織姫と彦星《ひこぼし》。

『ずっと貴方《あなた》を待ってました』と、持参した大きなトートバッグをそっちのけ。未仔は夏彦のもとへと駆け寄り、そのまま両手を広げる夏彦へと飛びつく。未仔猫である。

「ナツ君っ。旅行中にいっぱい思い出作ろうね♪」

「勿論だよ！　二泊三日、一緒に楽しもう！」

「えへへ♪」「あはは！」

背景をお花畑にすれば2人は完全にハイジとペーター。すれ違うサラリーマンたちでさえ、バカップルを祝福する小鳥やヤギに見えてくるレベル。

「夏兄、鼻の下伸ばしすぎー」

妹にとって兄のデレ顔など毒以外の何物でもない。

まったりマイペースに遅れてやって来た新那《にいな》に指摘されてしまえば、さすがの夏彦も恥じらいがあるようだ。思わず自分の鼻下を両手で押さえる。

「し、仕方ないだろ！　未仔ちゃんが可愛《かわい》いんだから！」

兄が何ギレか分からない言い訳をしている隙を妹は見逃さない。

「ミイちゃん、おっはー♪」「あぁ！　ズルいぞ新那！」

愚鈍なコアラがピンチ時に俊敏になる的な？　未仔とのスキンシップを解除した夏彦の代わりに、新那が未仔をひっしり抱き締める。

「ミィちゃんゲット～♪」

「あははっ♪　にーなちゃん、くすぐったいよう！」

未仔にとって彼氏とのハグも嬉しいが、親友とのハグも嬉しいに決まっている。頰と頰がくっ付けばくっ付くほど、蕩《とろ》けるような笑みが止まらなくなる。

普段なら百合百合《ゆり》な展開を大歓迎する夏彦ではあるが、

（お、俺のポジション……！）

己の彼女をNTR《ねとら》れる展開はご所望とあらず。ましてや、NTRの相手が妹ともなれば悔しいの何の。

トドメは優越感に浸る妹のドヤ顔ピース。

「ふふーん。ミィちゃんに抱き着いていい特権は、親友のにーなにもあるのですっ！」

「くっ……！　正論すぎて何も言い返せない……！」

言い返せないとはいえ、自分だってもっと未仔を抱きしめたい。朝早くから未仔エネルギーをたっぷり充電したい。

「かくなるうえは、新那ごと未仔ちゃんを抱きしめるしか……！」

　夏彦が邪《よこしま》な感情を全開にしようとする刹那、

「先輩にも抱き着いていい特権はありまーす♪」

「奏《かなで》さん⁉」

　どこかでスタンばっていたのだろうか。ひょっこり現れた奏が、未仔と新那をまとめてキャッチ&ハグ。

　ロング丈シャツにアンクルパンツの組み合わせは、スラッとモデル体型な奏に相応《ふさわ》しい大人コーデ。にも拘《かか》わらず、「可愛い後輩は全部私のものでーす♪」とスキンシップ満載なお姉さんなのだからギャップは反則級。

　妹へのセクハラは許容する夏彦も、さすがに尊敬する先輩にセクハラする根性はない。

（ええなぁ～……）

　もはや悔しい気持ちよりも、羨ましい気持ちのほうが勝る。

　マイペースで天然な新那だが、やはり夏彦の妹。礼儀はしっかりわきまえている。

「奏先輩っ。兄だけでなく、妹の私まで旅行に同行させてもらってありがとうございます」

「いいのいいの！　折角《せっかく》の旅行なんだから、大勢で行くほうが絶対楽しいもん」

　心からの言葉であることを証明するように、奏は新那の両手を優しく握りしめる。

「それにね、私も新那ちゃんとお喋《しゃべ》りしたかったんだー♪」

「？？？　にーなと、ですか？」

「うん♪　未仔ちゃんの親友で、夏彦君の妹なんだもん。絶対気が合うに決まってるから！」

ニッコリ笑顔のお姉さんから愛らしい理由を聞いてしまえば、新那も嬉しくて堪《たま》らない。

にへら〜と頬《ほお》を緩ませつつ、兄のほうへと振り向く。

「ねーねー、夏兄」

「ん？　どうした新那？」

「にーなも、こんな綺麗《きれい》なお姉ちゃんが欲しかったです」

「……。悪かったな、汚いお兄ちゃんで」

妹と全く同意見なだけに、怒りづらい夏彦である。

なんとも形容し難い表情で百合百合パーティーを眺めていると、待ち合わせ時刻ピッタリに琥珀《こはく》がやって来る。

一部始終のやり取りが聞こえていたのだろう。琥珀は夏彦の肩にそっと手を置きつつ、優しい表情で語り掛ける。

必死に笑いを堪《こら》えつつ。

「……ぷっ、ククク……！　残念やったね。汚《きた》ナツは輪に入れなくて」

「誰が汚ナツ⁉　泣くぞこの野郎！」

「プ――――――ッ！」

白い歯を見せてケタケタ笑う琥珀はドSの極み。

そんな喜怒哀楽に忙《せわ》しない夏彦たちを、遠目のベンチから眺める草次《そうじ》は思う。

「早く行かねーと、乗り遅れるぞ」と。

人知れず、呆《あき》れる草次であった。

※　※　※

多少の遅刻も想定内。ウキウキ気分の御一行を乗せた高速バスは出発し、あとは目的地の最寄り駅までまったり揺られ続けるのみ。

バスの予約チケットの手配だけが心配だったものの、アミューズメントパークや観光名所に行くわけでもない。案外、予約なしでも乗車できる空席が目立つくらいだ。

彼氏と初めての旅行。彼女のテンションは底知らず。

「わー♪　凄《すご》いカーブだー♪」

悪質タックルもとい良質タックル。

バスがカーブに入ったタイミングを見計らい、窓側席に座る未仔が隣にいる夏彦へとピットリ寄りかかる。

ゴロニャンしてくる未仔猫の頭をイイ子イイ子と撫《な》でつつ、惚気《のろけ》ずにはいられない。

「いや〜〜〜。触れ合えなかった時期があったからこそ、隣に未仔ちゃんがいるのが幸せ過ぎて。次のカーブが待ちきれないくらいだよ！」

「えへへ。私も待ちきれないの。だから、このまま抱き着いちゃおっと♪」

「!!!」

未仔のイチャイチャ５割増し。それはそれは愛《いと》おしそうに夏彦を抱き締め続ける甘えっぷりを披露。

彼女とのイチャイチャは当たり前に大好き。

とはいえ、

（未仔ちゃんの両乳《エアバッグ》が……！）

彼女の『刺激たっぷり』なワガママボディに慣れることは、未《いま》だに困難を極める。

どんな衝撃にも耐えられること間違いなしの両乳が、夏彦へ柔らかな感触と幸せをお届け。谷間へとずっぽし沈み込んでいく己の二の腕など、もはやパイスラの紐《ひも》。

夏が彼女を大胆にさせるのか。会えなかった寂しさが彼女に更なる糖度を与えるのか。

「ナツ君、ぎゅううう〜〜♪」

(〜〜〜っ! 未仔ちゃんKAWAII!!!)

まさに祭りだワッショイ。

夏彦の細胞一つ一つが、『ワッショイ! ワッショイ!』と近所迷惑なくらい雄叫《おたけ》びを上げ続ける。心臓付近の細胞など、大太鼓でドンドコドンドコ、乱痴気騒《らんちきさわ》ぎだドン。

甘えられるのは好き。けれど、甘えるのも好きに決まっている。

『未仔ちゃんばっかりズルい! 俺もぎゅうしたい!』と、夏彦も負けじとハグで応戦しようとする。

のだが――、

「んっ……! ひうっ……」

「??? 未仔、ちゃん?」

どうしたことか。未仔の様子がおかしい。

先程までの甘えん坊っぷりは何処《どこ》へやら。『どうにかなってしまいそう』とでも言わんばかりに、小さな身体《からだ》がいじらしく悶《もだ》える。呼吸は荒く艶《なま》めかしく、夏彦の左腕を命綱のように必死にしがみつき続ける。

「ナツ君……っ。こんなところで恥ずかしいよう……！」

「え？　こんなところでって、一体――、…………。ふぁ⁉」

間抜け面から一変。声を荒らげる夏彦が目をガッツリ見開く。

というより、あまりにも衝撃的な映像に、視線を外せなくなってしまう。

ようやく気付いたのだ。

未仔のおっぱいが揉《も》みしだかれていることに。

「⁉⁉⁉」

何がなんだか理解不能。後部座席から伸びた手が、未仔のやわらかパイパイを何度も何度もモミモミモミモミ。

意思を持った触手のように一本一本の指が、未仔の主張たっぷりの果実を優しく、時に貪るように味わい続ける。ワンピース越しからでも胸の形がへしゃげたり弾《はず》んだりするのが丸分かり。

くすぐったくて、恥ずかしくて堪らないのだろう。

「あうっ……！　うぅぅ。んっ、んっ……」

吐息を漏らすわけにはいかないと、夏彦の露出した腕へと小ぶりな唇を押しつける。

ビクンッ、ビクンッ、と小さな身体が跳ね上がるたびに、未仔の柔らかい唇の感触が夏彦の感情をギンギラギンに高鳴らせていく。

（エ、エロし……!!!）

あどけない彼女が見せる色っぽさは、背徳感の塊そのもの。

とはいえ、いつまでも煩悩に支配されている場合ではない。

彼女の誤解を解くべく、一刻も早くピンチから救うべく、夏彦が『真犯人』へと吠《ほ》える。

「こっっっの、セクハラ大魔神がぁぁぁ！　何しれっと未仔ちゃんにセクハラしとんじゃあああ――――！」

「あ。バレましたん？」

やはりというか案の定というか。未仔の乳を揉んでいたのは後部座席にいる琥珀。

あっけらかんとする姿は痴漢常習犯そのもの。

「ちゃうねんちゃうねん。『高速バスから手を出すと乳の感触と似てる説』を確かめてててん」

「何がちゃうねん!?　そんなもん自分のおっぱ――――、胸で試せよ！」

「チチチ。自分の胸でも試し済みやで」

「よ、余計質《たち》悪い……！」

絶望する夏彦に対し、自分の両乳を掬《すく》い上げる琥珀のメンタリティがすごい。

そんなセクハラ大明神の飽くなき探求心は続くようで、

「ぬうぉう⁉　こ、琥珀⁉」

不意打ち。油断していた夏彦の両乳を、琥珀がガッツリキャッチング。

魔の手というか、ゴールデンフィンガーというか。

「くらえナツ！　次はお前の乳じゃ――――！」

「⁉⁉⁉　アヒャヒャヒャ！　く、くすぐったいから止《や》め――、ぐお⁉　ち、乳首を指でつまむなぁ～～～！」

数多《あまた》のゲームコントローラーで鍛えた指テクここにありけり。

夏彦の乳首をこれみよがしに怒涛《どとう》の16連打したり、レバガチャ感覚で乳房周りに昇竜拳コマンドを執拗《しつよう》に入力し続けたり。

どれくらいモミモミされたり、イジイジされたのだろうか。

「はんっ。ナツの貧相な乳なんて、説検証の足しにもならんわ」

「む、無念……」

琥珀の捨《す》て台詞《ぜりふ》とともに、全てを吸い尽くされた夏彦が自分の座席へと崩れ落ちる。

両乳を押さえつつ、夏彦がポツリ。

「うぅ……。もうお婿に行けない……」

大切な何かを失った高校二年生の夏。

デジャブ丸出し。弱音と涙を溢《こぼ》せば、隣にいる未仔が三途《さんず》の川《かわ》で遠泳を決め込もうとする夏彦を必死に呼び止める。

「ナツ君⁉　死んじゃやだよう！」

「――その声は、……未仔ちゃん？」

もはや視界も不明瞭のようだ。濁った瞳の夏彦は、彼女の声がするほうへと耳を傾ける。

「ご、ごめんね。私が勘違いしちゃったせいで、ナツ君までおっぱい揉《も》まれちゃって……！」

「ううん、未仔ちゃんのせいなんかじゃないさ。全ては貧乳な俺が悪いんだよ……」

「ナツ君の善悪がグチャグチャになってる……！」

前の座席、お気に入りアニマル動画の見せ合いっこをしていた奏や新那も、何事かと振り向くのだが、

「あらら。夏彦君、自暴自棄になっちゃったね」

「ですねー。夏兄へラっちゃってます」

ダウンする夏彦を肴《さかな》にポッキーをサクサク。呑気《のんき》なものである。

草次に至っては何も流れていないイヤホンを耳に狸《たぬき》寝入り。

(絶対、巻き込まれたくねー……)

知っているのだ。自分にできることなど何一つないし、琥珀の飛び火が降りかかる可能性がゼロではないことを。睡眠時間を割いてまで己の乳をモミクチャにされたくはない。

バスが長い長いトンネルへと入ってしまえば、夏彦の薄れゆく意識同様、車内は薄暗い世界へと染まっていく。

「――海、未仔ちゃんと見たかったなぁ……」

「ナツ君⁉　ナツく――――ん！」

もはや僅かな明かりさえ眩《まぶ》しいと、夏彦はゆっくりと目を閉じてしまう。

夏彦、ご臨終。

大袈裟《おおげさ》と言えば大袈裟。しかし、未仔としては大好きな彼氏が事切れているのなら、蘇生《ザオリク》してあげたいわけで。

未仔は薄暗闇の中、決意に満《み》ち溢《あふ》れた表情で大きく頷《うなず》く。

そのまま夏彦の耳元に顔を近づけ、他の誰にも聞こえないように呪文を詠唱する。

「――ねぇ、ナツ君」

「……？」

「お婿さんの心配はしなくても大丈夫だから。ね？」

「……。えっ⁉」

実に単純明快。未仔の魅力たっぷりな囁《ささや》きが耳から脳へと染み渡れば、死んでいる場合ではないと夏彦の目はガッツリ見開かれる。心臓がバクンバクンと収縮・拡張を再開する。

「そ、それって——、‼」

『皆まで言わせないで？』という意味だろうか。

夏彦の唇が、未仔の唇によって塞がれる。キスされてしまう。

「⁉⁉⁉」「……んっ」

理解が追いつかないとはいえ、何十、何百と触れたことのある唇だ。いくら車内が薄暗いとはいえ、実は二の腕でしたとか、こんにゃくゼリーでしたというオチは有り得ない。紛《まが》うことなき、慣れ親しんだ未仔の唇そのもの。

（〜〜〜っ！　こ、こんな人前で、未仔ちゃんからキス……！）

ハッスルする夏彦のHPやMPまで瞬く間に全回復するのだが、未仔としてはまだまだ彼氏との愛を育みたい。長い長いトンネルをバスが突き進む中、一秒でも長く触れていたいと唇を合わせ続ける。

唇が離れるのは、バスがトンネルから抜けるギリギリまで。

パッ、と彼女の小さく柔らかな唇が離れてしまえば、ご褒美タイム終了の合図。

「み、未仔ちゃん……！」

語彙力低下する夏彦は、ようやくハッキリ見えるようになった未仔の顔を見つめる。

「えへへ……♪」

未仔自体、大それた行動だと理解しているようだ。「皆には秘密だよ？」という意味を込め、人差し指を唇に押し当てて夏彦へと微笑む。顔が真っ赤なのが愛くるしい。

『秘密は守ります。けど、君を好きな気持ちは抑えられません』といったところか。

「う、うわー！　凄《すご》いカーブだー！」

大根役者夏彦、超絶真《ま》っ直《す》ぐな道にも拘《かか》わらず、未仔を盛大に抱き締める大胆っぷり。

「あ〜〜〜！　夏兄がミィちゃんにセクハラしてるー！」と妹に指摘されても、聞こえないフリをし続ける夏彦であった。

※　※　※

バスを降り、駅前のバス停から目的地目指して歩き続ける。

港町の潮風を浴びてしまえば、都会派でさえ田舎派に寝返ってしまう。そんな裏切り待ったなしな光景が、夏彦たちの前には広がり続けていた。

工房や酒蔵といったレトロな雰囲気漂う木造建築が点々と立ち並び、有り余った土地を使わなにゃ損損と、ミカン畑やヒマワリ畑が歓迎するかのように鮮やかに咲き誇る。

一層スケールの大きさを感じてしまうのは、周囲を包み込む緑々しい山林のおかげなのだろう。

夏彦の感情が昂《たかぶ》ってしまうのは、彼女のおかげなのだろう。

「ナツ君、ナツ君っ！　海が見えてきました♪」

(君が眩しくて見えません……！)

彼女の愛くるしさの前では広大な土地や自然でさえ、ちっぽけに見えてしまう。それくらい目の前ではしゃぐ未仔の笑顔に胸打たれてしまう。

前門のエンジェル、後門のモンスターといったところか。

「アカン……。めっちゃ重い……」

古代エジプト、巨大なブロック石をロープで引っ張る奴隷にさえ見えてくる。それくらい背後を歩く琥珀の足取りがゆらゆらと重々しい。

それもそのはず。琥珀の荷物の量が半端ないのだ。

他メンバーより一回りも二回りも大きいキャリーバッグを引っ張り、さらにはパンパンに詰め込まれたアウトドアリュックを背負う。二泊どころか一週間は泊まれそうな重装備。

今から戦地に赴く兵士なのか。はたまた、コミケ帰りの猛者なのか。

ただの旅行客である。

「琥珀、あと少しだから頑張れよ」

「頑張ってる人間に頑張れって言うのは、ちと無責任とちゃいますのん？」

「おおう……。面倒くさい……」

「そんな無責任なナツに、ウチのリュックをプレゼント」

「ぐぉ!?」

こんなもん背負ってられへんと、有無も言わさぬうちに夏彦へとリュックを押し付ける
琥珀。

案の定、リュックの中身は最後まで荷物たっぷり。

「お、重《おめ》ぇ……！」

「はぁぁ〜、めちゃ軽〜〜〜♪　まさに肩の荷が下りたって奴《やつ》やね〜♪」

「やかましいわ！　というか！　お前どんだけ重装備なんだよ!?」

「ナツはホンマにデリカシーないわぁ。年頃のレディは荷物多いもんなんやで？」

「お前はレディじゃない——、レディって柄じゃないだろ」

「なんやコラ。乳見せたろかい」

「そういうところがだよ!?」

『女に二言はあらへん』と本気でTシャツ捲《まく》ろうとするから質《たち》が悪い。

未仔は未仔で、「ナツ君見ちゃだめ！」と琥珀のおっぱいを両手で押さえる健気《けなげ》っぷり。

「こらこら。女の子が道で脱ごうとしないの」

さすがは我らが良心。奏からホイッスルを鳴らされれば、乳騒動は終息する。

「夏彦君もメッだよ。琥珀ちゃんは紛うことなき女の子です」

「す、すいません。付き合いが長いと、琥珀の性別を忘れることが多くてついつい……」

常日頃、『ナツと草次ー。トイレ行こやー』と連れションに誘う琥珀側にも問題はあるのだが、今蒸し返してもややこしくなるだけ。

「女の子はついつい荷物が多くなっちゃう生き物なんだよ。メイクやスキンケア用品、アイロンとか。琥珀ちゃん、そうだよね？」

「はへ？　ウチ、そこらへんのもんは一切持ってきてへんよ？」

まさかの発言に、「えっ」と奏は驚く。

「じゃあ何を沢山持ってきたの？」

「んっとね〜〜。まずは絶対欠かせないスイッチとプレステのハードやろ？　そんでもって人数分のコントローラーにパーティー系ゲームソフトの盛り合わせ、他にはドンキで買った大量のお菓子とジュース、雑誌は紙で読みたいからジャンプも入ってるし今日発売の新刊も。それに海で遊ぶから――……、」

エトセトラ、エトセトラ。

琥珀の荷物は少年の夢と希望でいっぱい。

挙句の果てにはケタケタと笑い始め、

「奏さん、いくらウチが綺麗好き《きれいず》きに見えるからってアイロンはさすがに持ってこーへんよ！　照れてまうわぁ〜もうっ♪」

「…………。あはは……」

一般女子のアイロン＝髪に使用する美容家電
琥珀のアイロン＝服に使用する衣類家電
価値観の違いを思い知らされる奏へと、夏彦は静かに頭を下げる。

「愕然《がくぜん》とする気持ちは分かります。ですが、琥珀はこういう生き物なんです」という意味を込めて。

「琥珀は少しでもいいから女子力上げろよ」

「アホ抜かしいな。女子力上げるくらいならＡＩＭ《エイム》力上げるわ」

美少女の皮を被《かぶ》ったオッサンに言うことは何もない。そう思う夏彦であった。

平凡な男にさらに追い打ちをかける人物が約一名。

「夏兄〜、にーなも運んで〜」

「自分を荷物に数えるなよ……」

マイペースな妹は、たとえるなら水族館で野生を忘れたカワウソ。この炎天下での移動は中々に応えるようで、えっちらおっちらとおぼつかない足取りで歩き続けていた。

「新那もあと少しだから頑張れって」

「頑張ってる人には、『お疲れ様』とか『無理しないでね』って優しく声を掛けるべきだと思うの」

「おおう……。お前もお前で面倒くさいな……」

「そんな呆《あき》れる夏兄には、にーなの全体重をプレゼント」

妹はもう限界を超えてますと、夏彦の背中へとペッタリと寄りかかる。

「お、重い以上に暑苦しい……！」

「すっごい楽々〜〜♪　『心頭《しんとー》滅却すれば火もまた涼し』だっけ？　そんな感じで頑張ってこ〜♪」

「どんな感じ!?　お前が離れてくれれば涼しくなるんだよバカタレ！」

夏彦渾身《こんしん》のツッコミに、ブーと新那は唇を尖《とが》らせる。

「そんなこと言って、未仔ちゃんに寄りかかられると大喜びするんでしょー？」

「ぐっ……！」

的確すぎる妹の問いに、夏彦は心臓を鷲摑《わしづか》まれる感覚を覚える。

直《す》ぐ隣で見つめてくる未仔の「私が寄りかかると大喜びしちゃうの？」という好奇な視線も合わされれば、恥ずかしさも増し増し。

「そ、それは、まぁ……、『未仔ちゃん想像すれば火もまた涼し』なわけだし、当たり前というか何というか……」

照れる夏彦を尻目に、新那&琥珀が真剣な面持ちで井戸端会議。

「夏兄の言いたいことって、『ミィちゃんのお尻触ったり、おっぱいムギュッって当たるのが最高です』って意味だと思うの」

「ふむふむ。つまりナツはド変態ってことやね？　まぁ確かに、未仔ちゃんのお尻とおっぱいは至高の一言やけども」

「～～～っ！　人を変態扱いすんじゃねえコノヤロ――――ッ!!!」

夏彦、魂のツッコミに琥珀と新那は大爆笑。

「ひゃはは！　エロ彦がキレた！」

「エロ兄から逃げろ逃げろー♪」

あれだけ疲弊していたのが嘘《うそ》のよう。元気いっぱいに一本道を駆けていくイタズラ娘たちである。

「チクショウ……！　ちゃっかり荷物だけ置いていきやがって……！」

残されたのは、やるせない気持ちと重ったるい荷物。

だけではない。

「ナツ君、ナツ君」

「うん？」

隣にはしっかりと未仔が残ってくれている。

そんな小柄な彼女は精一杯背伸びしつつ、彼氏の耳元で囁《ささや》く。

「あのね。私もナツ君に寄りかかると、すっごく幸せになっちゃうんだよ？」

「み、未仔《や》ちゃん……！」

背伸びを止め、夏彦を見上げる未仔の表情は、嘘偽りない言葉だからこそ少し照れているものの満面の笑み。

クリッとした大きな瞳が見えなくなるくらいの笑顔を向けられてしまえば、感極まった夏彦の取る行動はただ一つ。

抱き締めて一緒に幸せになるだけ。

「未仔ちゃん、大好きですっ！」

「えへへ……♪　ナツ君は私くらい甘えん坊さんだなぁ」

これだけ互いが互いを求め合って肌を密着し合うのだ。ムギュッと未仔乳が当たってしまうのは自然の摂理である。

アッチッチーなスキンシップ中のバカップルを傍観するのは、別カップルの草次と奏。

「道のド真ん中でシャツ脱ごうとする琥珀も大概だけど、道のド真ん中で抱き着き合う夏彦と未仔ちゃんも大概だよな」

「私たちも道のド真ん中で大概なことしちゃう？」

「……マジで勘弁してくれ」

「恥ずかしがり屋さんだなぁ」と微笑む奏は、ちょっと照れる彼氏を見れただけで大満足。

草次としては、これ以上調子を狂わされるのは堪《たま》ったもんじゃない。夏彦の足元に置かれた荷物を一つ担いで再び歩き出す。さりげない気配りがナイスガイである。

「もう少しだから早く行こうぜ」と草次に言われてしまえば、ナツミコは当たり前に手を繋《つな》ぎ合い、海の見える町を走り始める。ラブラブと。

ついには、本日から世話になる宿へと到着する。

初めて訪れる夏彦・未仔・琥珀・新那のテンションMAX。

「「「「おお〜〜〜〜！」」」」

感嘆の声を上げたり、目を輝かせたり、小拍手してしまったり。

奏に誘われた段階から、相当魅力的な物件であることには気づいていた。

しかし、そのハードルを易々《やすやす》と飛び越える建物が目の前にはそびえ立つ。

ゲストハウスだと聞いていたが、白を基調としたデザイナーズチックな外観は、さながら南国の別荘やリゾートホテルのよう。グループ単位で泊まっても余裕たっぷりなのがパッと見で分かってしまう程、横に広かったり縦に長かったり。

何よりも素晴らしいのは立地だろう。建物のすぐ後ろには、どこまでも清々《すがすが》しく碧々《あおあお》とした海が盛大に広がり続けており、『海水浴場まで徒歩0分』の謳《うた》い文句《もんく》は伊達《だて》ではない。

海の男、海人《うみんちゅ》であれば、『ここに住まずして何所《どこ》に住まおう』と鼻息荒くすること間違いなし。

ゲーム脳な琥珀と夏彦もウットリ。

「ほあ〜。この洗練されたデザインと白をメインにした色使い……。プレステ5に通ずる造形美やね〜〜〜」

「吹き抜けのガラスとか、ウッドデッキのバルコニーとか、観葉植物満載の屋上庭園とか……。『マイクラかよっ』ってツッコミたくなるクオリティだよなぁ〜〜〜」

アホ2人がおめでたく、うんうん頷いていると、

「おー！　奏ちゃーん！」

「あっ。兼次《かねつぐ》おじさん！」

ゲストハウス内の扉が開くと、40代前後のおっちゃんが到着した奏御一行を気さくな笑顔でお出迎え。

「沖縄の人ですか？」と聞きたくなるくらいアロハシャツにハーフパンツが良く似合っており、おっとり柔和そうな顔つきを見ただけで奏の親戚だと丸分かり。

「皆に紹介するねー。私の親戚で、このゲストハウスのオーナーをやってる兼次おじさんです。おじさんからも一言どうぞ♪」

「やーやー、遠路遥々《はるばる》ようこそ！　皆のためにバッチリ貸し切りにしちゃってるから、思う存分遊んじゃってよ！」

「「「「よろしくお願いしまーす！」」」」と一同が元気いっぱいに頭を下げれば、「うん！良い返事だ！」とオーナーはニッコリ。

唯一会釈だけだった草次に対しても、クシャクシャクシャ！　と頭を撫《な》でつつ、

「おいっす草次！　お前、また見ないうちにイケメンになったなぁ」

「おじさん調子良すぎ。半年ちょっとでそんなに変わんねえって」

「おっ？　前会った日のこと、しっかり覚えてくれてんのか！」

「奏ん家の新年会で、引くくらい酔い潰れてたからな」

「……。また見ないうちに小生意気になったな……」

「ははっ。半年ちょっとでそんなに変わんねえって」

イタズラげに笑う草次とげんなりするオーナーを見てしまえば、立場はどちらが上なのかは明白である。

夏彦としては、２人の関係に興味津々のようで、

「草次もオーナーさんと仲良いんだね」

「奏の母さんの弟が兼次おじさんだからな。物心つく前から遊んでもらったりしてたよ」

オーナーも「そうなんだよね〜」と当時を懐かしむ。

というより、年甲斐《としがい》もなく草次へリベンジする気満々。

「今でこそ可愛《かわい》げない奴《やつ》だけどさ。小さい頃の草次は、ミッちゃんとサッちゃんに負けないくらい元気いっぱいだったんだよ」

「えっ！　草次って小さい頃から物静かなタイプじゃなかったんですか？」

「ビックリだよねー。でも、本当なんだよ。……ぷぷぷっ！　小学校低学年くらいまでの草次は、奏ちゃん以上に甘えん坊でよく僕の膝に――、」

「兼次おじさん」

「へ」

　クールというより鬼。

「――暑くておかしくなりそうだから、そろそろ中に入れてくれよ」

　凛《りん》とした瞳を一層研ぎ澄ます草次が、築0年のピッチピチな柱を握りしめて血管を浮き立たせる。

　もはや柱ではない、人質である。

「ギャァァァァ！　リフォームしたばっかりだから、冗談でも止めて！」

「俺、結構本気だぞ」

「皆早く！　一刻も早く中に入って――っ！」

　こんなしょうもない理由で自分の城を傷つけられて堪るものかと、一同を早急に建物内へと誘導するオーナーが切ない。

「買ったばかりのスマホとかって、ちょっとした傷も気になっちゃうのあるあるだよね

～」

「新那……。そんなマイペースなこと言ってる暇あったら、早く中に入ろうな……？」

傘井《かさい》兄妹《きょうだい》のせいで柱をへし折られるわけにはいかない。夏彦は妹の背中を押しつつ、そそくさとゲストハウスに入っていく。


テンションの浮き沈みが激しいオーナー案内の下、建物内へ。

『内観はオンボロでした』というオチは勿論《もちろん》なく、外観に負けず劣らずの豪勢っぷり。

一階にあるコミュニケーションスペースは、リビングというより大広間という表現のほうが相応《ふさわ》しい。古民家風カフェを彷彿《ほうふつ》とさせ、穏やかな空間を醸し出している。

宿泊部屋も多数用意されており、団体客、友達グループ、カップルなどなど。幅広いニーズに対応できること間違いなし。おひとり様にも優しい仕様のようで、二階にあるプレイルームでは卓球台やビリヤード台などの娯楽だけでなく、一面の壁棚には雑誌や漫画が敷き詰められている配慮っぷり。

シアタールームに入れば、琥珀が益々《ますます》エキサイティング。

「ひゃわぁ～～～……！」

ゲーマーであれば誰もが憧れるであろう設備の数々。１００インチはあるであろうプロジェクタースクリーン、天井に吊《つ》るされた立体音響スピーカー、プロフェッショナル感を醸し出す防音パネルなどなど。

オッサン同士、気が合うのかもしれない。

「おっちゃん、おっちゃん！　ここのネット回線は何使うてますのん？」

「ふふふ……！　ＮＵＲＯ光さ！」

「!?　ば、爆速の回線業者やん！」

「回線速度は脅威の上り最大１Ｇｂｐｓ！　下り最大２Ｇｂｐｓ！　格ゲーもＦＰＳもヌルヌルで遊び放題な部屋となっております！」

「くぅ〜〜〜！　憎いでおっちゃん！　アンタは世界一のおっちゃんや！」

「そうだろ、そうだろ！　おっちゃんは世界一のおっちゃんだろ〜！」

「「ナハハハハハ！」」

大阪のおっちゃんと沖縄のおっちゃん、手と手をガッシリ組み合って大はしゃぎ。

調理場へと足を踏み入れれば、打って変わって大はしゃぎするのは——、

「「わぁ〜〜♪」」

料理大好きっ子な未仔と奏である。

キッチンスタジオにも負けず劣らず。解放感たっぷりのアイランドキッチンに、併設さ

れた人工大理石のバーカウンター。オーナーが今日のために奮発してくれたようで、食品庫《パントリー》や冷蔵庫には地元で採れた豊富な食材たちがたっぷり詰め込まれている。

「奏先輩っ、奏先輩っ！　私、アイランドキッチン初めて見ました！　自動でお水の出るタッチレス水栓も初めてですし、こんなに大きなビルトインオーブンも初めてです……！　ここでお料理できるのが楽しみだなぁ♪」

「未仔ちゃん、見て見て！　冷蔵庫の中にこんなに大きなブロック肉！　お野菜もたっぷりあるし、マンゴーやスイカなんかの果物まで充実しちゃってるよ〜♪　これは料理人の腕が鳴っちゃうね！」

「「ね〜♪」」とエプロンの似合う女の子たちが、手と手を握り合ってキャイキャイ。

その後も、海だけでなく夜景も映えること間違いなしのバルコニー、疲れた身体《からだ》をのびのび癒《いや》せる大浴場、天然芝の広場がある屋上庭園などなど。旅をエンジョイするのに打ってつけな施設の数々にメンバーの頰《ほお》は緩みっぱなし。

施設を一通り周り終え、大広間に戻ってくる。

すると、夏彦が『とあるモノ』に気付く。

それは神棚。

最初に大広間に訪れたときには気が付かなかったが、中々に立派な神棚が部屋隅の上部には飾られていた。

　隣に寄り添っていた未仔も夏彦の視線に気付いたようで、小さな背丈をカバーするように一生懸命首を上げつつ、神棚に祀《まつ》られている『倶流下々　御神札』と書かれた古めかしい御札《おふだ》を読み上げる。

「えっと……。ぐりゅーげげ、ごしんさつ？」

「ああ。その御札にはね、グルゲゲって書いてあるんだよ」

　オーナーが口にする聞き慣れない単語に、ナツミコは「『グルゲゲ？』」とオウム返し。

「グルゲゲ様。ここら辺の地域で崇《あが》められている神様の使いのことを言うんだ。秋田のなまはげを想像してもらえれば分かりやすいんじゃないかな」

　グルゲゲなる神の使いがいることにビックリな夏彦だが、

（なまはげって鬼とか妖怪の類じゃなかったのか……！）

　なまはげが神の使いであることのほうが地味に衝撃だった。

　そんなご当地キャラ的なグルゲゲ様を、奏や草次たちは知っているようで、

「懐かしいなぁ。小さい頃はゲストハウスに遊びに来るたびに、おじさんたちがグルゲゲ様使って脅かしてきたよね」

「だな。『早く寝ない子はグルゲゲ様が怒りに来るぞ』とか『喧嘩《けんか》するとグルゲゲ様に洗

われるぞ』とか。よく覚えてるわ」

「洗う？」と新那がコテンと首を傾《かし》げる。

「伊豆見《いずみ》先輩、洗うってどういう意味ですか？」

「争いごとが大嫌いな神の使いらしくてな。争いを『浄化』するために、喧嘩《けんか》した奴らを水のある場所まで引きずりこんで身体をジャブジャブ洗うらしい」

「……。アライグマ？」

新那はエサの芋をゴシゴシ洗うアライグマとグルゲゲ様を重ね合わせようとするが、当然重なり合うわけもなく。

草次に代わり、オーナーからグルゲゲ様情報が補足される。

「江戸時代くらいだったかな？　村中の百姓が土地や利権をめぐって暴動を起こした事件があったらしいんだ。そのときに初めてグルゲゲ様が現れて、百姓を片っ端から海に引きずりこんでジャブジャブしたんだとか。喧嘩両成敗の意味を込めて」

神の使いにしては、泣く子もドン引くパワープレイ。

『争いを浄化？　謝るまで水責めを止《や》めないだけじゃ……』という疑問を夏彦は抱くが、余りにも未知な生物なだけに苦笑いが精一杯である。

そんな夏彦たちのシュールな反応に、オーナーはケラケラ笑う。

「大丈夫、大丈夫！　君たちは仲良しグループみたいだし、仮にグルゲゲ様が出たとしても洗われたりなんかしないさ！」

「仲が悪いだけで洗ってこようとする神の使いってどうなんですかね……」

「う〜ん、お背中流します的な？」

「絶対違うだろ」と草次に呆《あき》れられるオーナーも、いくら地元民とはいえ分からないものは分からない。

「──さてと。各部屋の説明も終わったし、僕はそろそろ失礼しようかな」

いくら能天気なおっさんといえ、色々と忙しい身のようだ。「それじゃ、二泊三日楽しんで！」とエールを送りつつ、スタッフルームへと入っていく。

今一度、夏彦と未仔は神棚を眺めてしまう。

「──未仔ちゃん。グルゲゲ様ってインパクト凄《すさ》まじいよね……」

「うん……。どんな姿か気になっちゃうけど、知らないほうが身のためな気もします……」

「なーなー！　折角《せっかく》海があるんやから、早く泳ぎに行こーや！」

グルゲゲ様が気になるどころか、心底どうでもいいと思っているのが琥珀クオリティ。

ソファで胡坐《あぐら》をかき、「ハヨ海！　ハヨ！」と己の太ももをペチペチ叩《たた》き続ける姿は、おっさんというよりは、遊びに連れて行ってと駄々《だだ》をこねるキッズの称号が相応しい。

「グルゲゲかゲルググか知らんけども。どうせ、正義感の強い村のおっちゃんが変装して争いを鎮めたってオチやん。サンタクロースとかタイガーマスクみたいなもんやろ」

「正義感の強いおっさんが、１人で百姓たち相手に無双するのも大概ホラーじゃねーか……」

「ほんまナツは細かいなぁ。ウチがポルンガやったら、トイレに顔突っ込んどるとこやで」

「せめて綺麗《きれい》な水使ってくれよ！　あと、グルゲゲな！」

ケタケタケタ！　と笑う琥珀は名前を覚える気ゼロ。

奏としては、琥珀の意見に大賛成のようだ。

「よ〜し！　早速皆で泳ぎに行っちゃお〜〜〜♪」

「奏さん⁉」

「私も泳ぎたくて仕方なかったんです」と、琥珀に負けないくらいのはしゃぎっぷり。

奏はキャリーバッグから水着やバスタオルといった一式を取り出し、あっという間に着替えに行く準備を完了させる。

彼女自身、いつになく自分のテンションが高いことを理解しているようで、照れ気味に舌を出す。

「高校最後の夏休みだからさ。早く海に行って、そーちゃんや可愛《かわい》い後輩たちにたっぷり癒されたいんだもん」

年上お姉さんの本音を聞いてしまえば、一同は心打たれるに決まっている。顔には出していないが、草次だって内心ではドキドキしてしまう。

そう。奏だけ高校三年生、ラストJKなのだ。

神の使いか、正義感の強い村のおっさんか何だか知らないが、そんな得体のしれないものに構っている暇があったら、メインイベントの海を満喫したいのだ。ジャブジャブされないくらいのリア充っぷりをアピールしたいのだ。

グルゲゲ様のインパクトに押されていた夏彦と未仔だったが、普段お世話になってる先輩が『海で羽を伸ばしたい』とご所望とあらば、することはただ一つ。

「奏さん！　俺たちも海に行きたいです！」

「ですですっ！　早く着替えに行きましょう！」

「夏彦君と奏ちゃん……。うんっ♪」

ナツミコの力強い発言に他メンバーも異論など有り得ない。奏の笑顔が咲き誇れば、草次は「やれやれ」と、新那は「おー♪」と旅行かばんから水着を物色し始める。

琥珀なぞ、スタートダッシュが違う。

「⁉⁉⁉　こここここ琥珀⁉」

素っ頓狂な反応をするのは夏彦だけではない。男女問わず、琥珀の奇行に目を見開いて凝視してしまう。

そりゃそうだ。胡坐をかいたままの琥珀が、その場でTシャツをたくし上げ始めたから。

「よっこらせいっ」

琥珀の両腕が天井へと上がれば、メインディッシュをいきなり召し上がれ状態。1人では食べきれないほど豊満な両乳がこれでもかと姿を現す。

下乳がTシャツに引っ掛かったからだろう。琥珀が完全に脱ぎ終えたと同時、盛大に持ち上がったおっぱいが重力をモロに受ける。

そんじょそこらのカップ数なら、重力を受けるのは一回きり。

しかし、琥珀のスイカップともなれば、

（パ、パイパイがバインバイン……！）

五回、六回と琥珀の両乳が上がったり下がったり、上がったり下がったり。

乳揺れが収まれば、下着姿——ではなく、ビキニ姿の琥珀がドヤ顔サムズアップ。

「こんなこともあろうかと、既に水着を装着済みっ！」

「〜〜〜っ！　小学生かお前は!!!」

余談ではあるが、琥珀が道のド真ん中でTシャツを脱ごうとしたのは、下着でも水着でも結果は変わらない。

※　※　※

ベッドルームで水着姿に着替え終えた夏彦は、大急ぎでビーチへと向かう。

急ぐに決まっている。旅行のメインイベントどころか、夏休み最大といっても過言ではないイベントなのだから。

ゲストハウス裏の石階段を一段、二段と降りていき、最後は洒落臭《しゃらくさ》いと五段飛ばしの大ジャンプ。

多少のバランスを崩しつつ、勢いたっぷりに真っ白な砂浜へと着地すれば——、

「おおう……！　海!!!」

『お前、海見たことねーのかよ』と鼻で笑われるほど、小並感満載にもなってしまう。

それくらい視界一杯に広がる海に、夏彦のテンションは駄々上がり。

空から降り注ぐ夏の日差しが、真っ青に澄んだ海を照らし続ける。果てしない水平線からたなびく潮風が、『エンジョイするぞ！』という少年心をどうしようもなく騒がせる。

スケールの大きさを一層感じてしまうのは、都会の海水浴場のように利用客がごった返していないからだろう。ゲストハウスの敷地近くだからか、地元の人間らしき若者グループやカップル、家族連れなんかがチラホラいるくらい。

プライベートビーチとまでは言わないが、いわゆる穴場スポットと化していた。

早速、この身をもって海を堪能したい気持ちは山々。

しかし、それ以上に堪能したいことが夏彦にはあるわけで。

「ナツ君っ」

「！」

果報は寝て待て。

最愛の彼女は寝なくともやって来てくれる。

声のするほうへと振り向けば、夏彦の脳が視神経へと命令する。

『絶対に瞬《まばた》きするな。未仔ちゃんを拝み続けろ』と。

（て、天使……！）

ＹＥＳ、水着姿の未仔降臨。

レジャープールでも水着姿を拝んだものの、あのときは一瞬。大前提、水着が新調されているともなれば、真新しさは倍増である。

レジャープールのときに着用していたのはタンキニタイプ、今現在は白地にビビッドカラーの花柄が可愛《かわい》らしいセパレートタイプ。

絶妙に短いスカート丈からお尻がチラッと見えるタンキニも素晴らしいが、ボリューミーな胸やキュッとしたウエストが大胆に露出されたセパレートも実に素晴らしい。

自分に自信の持てない彼女は、モジモジと内ももを擦り合わせたり、胸の前で忙《せわ》しなく指を動かし続けたり。

「――えっとね？　ナツ君に喜んでもらいたかったから、ちょっと冒険した水着にしてみました」

「えっ！　俺のために新しい水着にしてくれたの⁉」

未仔は恥じらいつつ、夏彦に微笑《ほほえ》みかける。

「折角の旅行だもん。好きな人の前では張り切っちゃうよ」

「み、未仔ちゃん……！」

可愛さ不可避な彼女の発言に、夏彦は海に向かって叫びたい衝動に駆られる。

しかし、今はそんなことをしている場合ではない。

恥ずかしがり屋な彼女が、自分のために冒険してくれたのだ。目一杯の想《おも》いを伝えることが最優先に決まっている。

「めっ〜〜〜〜〜〜ちゃっっっ!!! 未仔ちゃんに似合ってて最高です!!!」

「ふえっ⁉」

バカレシの唐突かつドストレートな誉《ほ》め言葉に、未仔も思わず大赤面。

好きなモノに対して饒舌《じょうぜつ》になってしまうのは仕方のないこと。

「未仔ちゃんのイメージカラーって白だと思うんだ！ だからこそ、白色生地は相性バッチリだし、カラフルな花柄も加われば当社比2倍超えだよ！」

夏彦の賞賛が、やめられない止まらない。

「あっ。もちろん、この前の水着もすごい似合ってたよ！ あっちの水着は『未仔ちゃんっぽくて天使可愛いな』ってイメージで、今回の水着は『可愛さと大人っぽさの融合。新しい未仔ちゃん来ちゃいました』ってイメージなんだ！」

ド変態節をソーランソーラン。

愛を語れば語るほど、周りが見えなくなってしまうのはご愛敬《あいきょう》といったところ。

とはいえ、通り過ぎる親子に、「おかーさん、あの人何言ってるのー？」「あの人はね、今が若気の至りなの。そっとしといてあげなさい」などと悟られてしまえば、さすがのバカレシも、ハッと我に返ってしまう。

「あはは……。結局のところ、俺としては未仔ちゃんが何を着てても最高と思っちゃうんだけどさ。――以上、長々と失礼しました……」

締めにしては締まらない言葉を溢《こぼ》しつつ、夏彦が照れ笑いでフィニッシュ。

全ての言葉を受け取った未仔は何を思うか。

コイツ、キショ過ぎワロタ？　寒気がするから海に沈め？　グルゲゲ様に洗われろ？

いずれもNO。

「――ナツ君」

「う、うん？」

「感謝のギュウウウ～～～～～～～～♪」

「!?!?!?　みみみみ未仔ちゃん!?」

答えは抱擁《ハグ》一択。

褒められて嬉《うれ》しい、過大評価されすぎて恥ずかしい。何より、自分のことを好きでいてくれる彼氏にドキドキが止まらない。

幸せなら態度で示そうよと、彼氏に甘えずにはいられない。

「えへへ……♪　褒められるとやっぱり照れちゃうし嬉しいね」

一方その頃、夏彦。

（〜〜〜〜！　い、いつも以上に胸の感触がリアル……！）

衣類から解放された、未仔のボリューミーで柔らかなパイパイが己の胸板や下腹部、下半身事情を刺激するのなんの。

未仔としても自分の胸が夏彦の胸板に当たっている感覚はある。けれど、大好きな彼氏を前にしてしまえば、手や肩が触れるのも両乳が触れるのも大差はない。

それが未仔クオリティ。

（夏万歳……！　海万歳……！　未仔ちゃん万歳……!!!）

愛のエネルギーをフルチャージし終えれば、あとは至高の思い出を未仔と作るのみ。

高鳴る鼓動に身を任せ、大好きな彼女といざ海へ。

「さぁ未仔ちゃん！　今から思う存分、海デートを満喫――、」

「ミィちゃん、あ〜そ〜ぼ♪」

「新那!?」

妹の存在に気付いた頃には時すでに遅し。己が抱き寄せていたはずの彼女は、代わりに新那がしっかり抱き締めているではないか。

まさかの妹にNTR《ねとられ》？

最初は驚いた様子の未仔だったが、直《す》ぐに親友だと分かれば朗らかスマイルになるのはあっという間。

「あははっ♪　にーなちゃん、もう海に入ったんでしょ？　髪ビショビショ〜！」

「ミィちゃんもビショビショにしちゃおっと♪　マーキング攻撃――!!!」

海に入って来たばかりの新那は「きゃんきゃんっ！」と子犬の鳴《な》き真似《まね》をしつつ、未仔の首筋や脇腹などに濡れた髪でスリスリ。

くすぐったそうにする未仔も負けじと、「困ったワンちゃんにお仕置きですっ♪」と己の頬《ほお》を新那の頬へと押し付けてスリスリ。

スリスリで百合百合《ゆり》である。

そんな展開が羨ましくて堪《たま》らない夏彦だが、予想外の展開と言えば嘘《うそ》になる。

我が妹が今回の旅行における最大のライバルになることくらい分かっていた。

自分が彼女《みこ》と遊びたいのは当たり前、妹が親友《みこ》と遊びたいのは当たり前。

未仔を取り合う聖杯戦争が勃発するのは、覚悟の上の旅行である。

それは新那としても同じようで、

「ミィちゃん、日焼け止めの塗り合いっこが終わったら、一緒に浮き輪でプカプカしよーね♪」

「ああっ！　ずるいぞ新那！　俺だって未仔ちゃんとプカプカしたい！」

「ざんねんでしたー♪　持ってきた浮き輪は、にーなとミィちゃん専用でーす」

「くっ……！　俺が未仔ちゃんとの旅行でやりたい100のことのうちの1つなのに……！」

夏彦が片膝を突けば、勝ちを確信した新那がブイブイ言いながら両手でカニポーズ。

しかし、夏彦は負けを認めて片膝を突いたわけではない。

「諦めてたまるか！　俺のとっておきを見せてやる！」

持参したビニールバッグから『とあるアイテム』を取り出した夏彦は、そのまま砂浜へと設置。さらには、右手に握り締めた電動空気ポンプをドッキング。

「俺の友達出てこい！」

「何ウォッチだよ」とツッコみたくなる掛け声と同時、夏彦がポンプのスイッチON。

空気という名の命を吹き込まれ続ければ、ペチャンコだったアイテムは瞬く間に未仔や新那よりも大きな体軀《たいく》へと変貌を遂げていく。尾ビレや背ビレにまでミッチリ空気が入れば、可愛らしいお目目がプリントされた海の王子が姿を成す。

その名も――、

「強靱《きょうじん》！　無敵！　最強！　イルカさんボート召～～～喚っ!!!」

「遊〇王かよ」とツッコみたくなる掛け声と同時、夏彦がこの日のためにアマゾンでポチった秘密兵器が完成する。

気分はベンツやフェラーリ。夏彦はイルカの背中をポンポン叩《たた》きつつ、マイカー感覚で未仔をドライブに誘う。

「さぁ未仔ちゃん！　このイルカで一緒に海を楽しもう！」

「えっと、その……」

当然の反応である。いくらイルカさんボートが魅力的なアイテムだとしてもだ。彼氏と親友を天秤《てんびん》にかけることのできない未仔は戸惑うに決まっている。

新那としても夏彦に異議を唱える気満々のようで、

「夏兄ずるーい！　ミィちゃんのこと、物で釣ろうとしてるー！」

「ふはははは！　何とでも言うがいい！　いくらでも罵ればいい！　俺はどんな手を尽くしてでも未仔ちゃんと遊びたいんだ！」

「ミィちゃん。こんなちっぽけでセコいお兄ちゃんでゴメンね？」

「未仔ちゃん経由の罵倒は止《や》めてくれませんか!?」

マイペース妹の異次元すぎる奇襲攻撃が恐ろしい。

しかし、いくら出鼻をバッキバキにへし折られたとしても、負けられない戦いがここにはあるわけで。

このままでは埒《らち》が明かないと、夏彦が彼女の右腕をキャッチ。

「ナ、ナッ君⁉」

「俺が未仔ちゃんと先にデートするんだ！　新那は５００円あげるからソフトクリームでも食べて待ってなさい！」

ここで引き下がるわけにはいかないと、新那も親友の左腕をキャッチ。

「にーなちゃんも⁉」

「ヤダヤダヤダ！　にーながミィちゃんと先に遊ぶんだもん！　夏兄は浮き輪とイルカさん交換してあげるから日向《ひなた》ぼっこでもして待っててよ！」

「ぐぬぬ～～～！」「むぅぅ～～～！」

鍔迫《つばぜ》り合《あ》い感覚で未仔に抱き着き続ける夏彦と新那。小柄で華奢《きやしや》な未仔に怪我《けが》してほしくないと、引っ張り合わないところが傘井兄妹《きようだい》らしい。

普段なら２人にくっつかれるのは嬉しい未仔も、今はただただ悩みの種。

（皆で仲良く遊べば解決なんじゃないかな……？）

エキサイトする２人に口出しすることは難しい。

琥珀からすれば知ったこっちゃない話。

「発射《ファイア》──っ！」

「ギャッ!?」

「ナツ君!?」「夏兄!?」

おっかない掛け声が聞こえたと同時、夏彦の顔面に高速射出された水がクリーンヒット。

さすがはFPS大好きっ娘《こ》の琥珀。水鉄砲の射撃センスも一級品で、持参した2000cc大容量ウォーターガンを肩乗せする姿は、ビキニアーマーの女戦士そのもの。

濡れ濡れな夏彦に一言。

「うむ。またつまらぬ顔を撃ってしまった」

「誰がつまらぬ顔!? 失礼なこと言うなぁ！」

「あー、ごめんごめん。ナツはめっちゃオモロい顔してるもんね。……プププッ！」

「〜〜〜っ！　普通の顔面だコノ野郎ぉぉぉ!!!」

「プ──────────ッ!!!」

琥珀は大爆笑するのだから面白い顔なのかもしれない。

夏彦のツッコミを堪能すれば、まだまだ小腹が空《す》いている琥珀は水鉄砲を構え直す。

そのままシャカシャカシャカ！　空気圧を入れ直せば、

「くらえJK×2！　濡れ濡れビチョビチョの刑に処す！」

琥珀から繰り出される水鉄砲の弾幕が、これでもかと未仔や新那の身体《からだ》を濡《ぬ》らし続ける。

さすがはエロテロリスト。ピンポイントに未仔のポヨンとしたおっぱいにHITさせたり、新那のぷりんとしたお尻にHITさせたり。

恥ずかしい。けれど、それ以上に嬉しいし楽しいのだろう。未仔や新那は濡れビチョになりつつも、満面の笑顔で親友と一緒に抱き合って笑い続けている。

そんな微笑《ほほえ》ましい1シーンに一番うっとりしているのは、実は奏なのかもしれない。

「ふふっ♪　私のお気に入りコレクションがまた増えちゃうなぁ〜♪　SDカード買い直しておいて大正解だったなぁ」

草次に設営してもらったばかりのビーチパラソルの下、望遠クリップレンズのついたスマホで可愛《かわい》い後輩たちをひたすらパシャり続けたり、撮れたてホヤホヤの写真を眺めて「や〜ん♪　皆可愛い〜♪」と頬を緩ませたり。

「おらぁぁぁ―――！　未仔ちゃんの胸を重点的に狙うなド変態！」

「ひゃははは！　文句あるならコッチまで近づいて物言わんかい！」

「望むところだこの野郎――ゴババババァ！　な、何で俺の時だけ顔面限定なの⁉」

こんなアホ満載なやり取りでも、年上お姉さんとしては思い出の一枚。

「「きゃ〜〜♪」」

この後、夏彦の顔面がアンパンマンであればグジュグジュになるくらい水浸しになったのも良き思い出なのだろう。

文字通り、顔負けだとしても。

※　※　※

夫婦岩。

めおといわ、ふうふいわ、みょうといわ、などと読み方は様々。

2つの大きな岩が夫婦のように寄り添って見えることから夫婦岩と称され、縁結びや夫婦円満といったご利益があるとされている大層めでたい岩のことである。

そんな夫婦岩をなぞらえて、夏彦たちのいる海水浴場にも似たような岩がある。

その名も恋人岩。

「パクリ乙」と侮ることなかれ。海面に鎮座する巨岩は、上から見るとハートの形のようになっており、知る人ぞ知るパワースポット。

さらには、「恋人同士で恋人岩から海へと飛び込めば、永遠の愛で結ばれる」といったスペシャルなオプション付き。

そんな魅力的なオプションに、バカップルが挑戦しないわけもなく。

というわけで、二人きりのデートタイムを貰《もら》った夏彦と未仔が、飛び込みスポットである恋人岩の頂上へと到着する。

恋人握りする手が互いに強まるのは何故《なぜ》だろうか。

互いの表情が強張《こわば》っていくのは何故だろうか。

答えは明白。

(高《た》けぇ――……)

どちゃくそ岩が高いから。

火曜サスペンスで犯人が追い詰められる崖的な？

さすがに断崖絶壁、何十メートルと高さがあるわけではない。それでも着地先が海ではなく地面であれば、間違いなくお陀仏《だぶつ》する高さ。

ゲストハウス裏の石階段を五段ジャンプした際、「ちょっとやり過ぎた……？」と捻挫が頭をよぎった男がビビらない道理はない。

かろうじて、「高い」と声に出さなかっただけファインプレー。

隣に寄り添う未仔など、

「………」

NOW LOADINGですか？　と聞きたくなるくらいフリーズ状態。

やはり飛び込みスポットとして有名のようだ。丁度、ナツミコより先に来ていた少年グループが、今まさに挑戦中なのだが——、

「死ぬべ⁉　こんな高さから飛んだら死ぬべ⁉」

「さすがに死なねーって！　——まぁ、意識は飛ぶかもしれんけど……」

「いやだぁぁぁ！　死にたくない————!!!」

たとえるなら震える子羊たち。

一皮剝《ひとかわむ》けようと度胸試ししに来たようなのだが、想像を上回る高さに戦々恐々。

挙句の果てには、一斉に海へと背を向けて猛ダッシュ。

「よくよく考えたら、俺ら彼女いねーから飛ぶ必要ねーべ！」

「分かるわ〜！　飛べねーんじゃねーし！　飛ぶ必要がねーだけだし！」

「だはっ！　だはははは！　撤退〜〜〜〜！」

安堵《あんど》で涙を滲《にじ》ませているのか、彼女がいないから涙を滲ませているのか。

迷える子羊こと非リア充の少年たちは、クモの子散らすように恋人岩からフェードアウトしていく。

「……」「……」

ポツン、と岩中央に立ち尽くすのは、リア充である夏彦と未仔。

夏彦としては、『あのクソガキら、何さらしてくれとんじゃ……』という感想がピッタリ。彼女に与えたくなかった恐怖を、自分の代わりにドバドバ投与するだけして去って行ったのだから。

いつまでもド真ん中に突っ立っているわけにもいかないと、2人して恐る恐る岩下を覗《のぞ》いてみる。

(覗かんかったら良かった……)(覗いちゃダメな奴《やつ》でした……)

まさに後悔先に立たず。ナツミコは生唾をゴクリと飲み込んでしまう。

高いところから見下ろした海は透明度ゼロ。真っ黒なアスファルトにさえ思えてしまうレベルで、ビーチに着いたばかりに見た、真っ青でキラキラ輝く海の面影ナッシング。

腰が引けすぎて未仔は、小さなお尻を夏彦にぴっとり押し付けつつ尋ねる。

「ねーねーナッ君。これってどれくらいの高さがあると思う……?」

「えっと……、未仔ちゃんの身長が148・2センチだから――、未仔ちゃん5人分、下手をすれば6人分ってところじゃないかな?」

普段なら、「何も私にたとえなくても」とクスクス笑ってくれる未仔だが、今は自分5、6人と聞いて乾いた笑いしか浮かばず。

自分のメンタル加減も然《さ》ることながら、未仔の青ざめた表情を見てしまえば、『これは飛ばないほうが良いよなぁ』という考えに夏彦は至ってしまう。

今旅行のテーマは、未仔と一緒に至高の思い出を作ること。

トラウマ覚悟で巨岩から飛び降りる必要など全くない。そんな一《いち》か八《ばち》かの思い出作りに挑戦するくらいなら、最寄りの自販機で冷たいジュースを買ってあげたいわけで。

となれば、取るべき行動はただ一つ。

「未仔ちゃん、皆のいる場所に戻ろっか」

さっさとこの場所から撤退しよう、そうしようと、夏彦は未仔へと優しく話しかける。

そのまま、握り締めた手を放さずに歩き始めようとする。

「！　……未仔、ちゃん？」

どうしたことか。

握っていた未仔の小さな手が、夏彦の手からスルリと離れてしまう。

未仔は何も答えない。その代わりに一歩、二歩と安全な場所へと移動する。

ゆっくり瞳を閉じると深呼吸を始める。

「スー……、ハー……、スー……、ハー……」

ピンと張りつめるくらい両腕を広げ、ちっちゃなおヘソが付いた下腹部を凹《へこ》ませたり膨らましたり、凹ませたり膨らましたり。

どれくらい繰り返しただろうか。

目をパッチリ開いた未仔は自分に言い聞かせるように「うん……！」と深々頷《うなず》く。

そして、胸の前で両こぶしを握り締め、決意に満ち溢《あふ》れた表情で夏彦に宣言する。

「私、準備できました！　いつでも飛び込めますっ！　いつでもジャンプしますっ！」

「ええっ⁉」

まさかの発言に夏彦は大きな声を上げてしまう。

何なら自分のほうが準備できていないくらいで、尋ねずにはいられない。

「未仔ちゃん、飛び込み怖くないの？」

「すっ～～～～ごく怖いです！」

「えええええっ⁉」

自分でもチグハグだと分かっているのだろう。またしても声を大きくする夏彦に対して、未仔は笑みを溢《こぼ》す。

「『恋人同士で飛び込めば、永遠の愛で結ばれる』って伝説があるのなら、やっぱり挑戦したくなっちゃうよ」

その表情は苦笑いでもなければ、作り笑いでもない。

正真正銘、本物の笑顔である。

「それにね、」

「それに？」

「『あのときは怖かったけど、良い思い出になったよね』って将来のナツ君と笑い合いたいもん」

「っ……！」

健気すぎる未仔の発言に、夏彦のハートは真《ま》っ直《す》ぐ撃ち抜かれてしまう。

思い出作りどころか、自分との将来を考えて頑張ろうとしてくれている。同時に、未仔が生半可な気持ちでココまでやって来たわけではないことに気付かされる。

こんなに愛と勇気がたっぷり詰まった天使が、下界に一体どれだけいるだろうか？

否《いな》。夏彦にとっての天使は、未仔たった一人。

「足ガクガクしちゃうし、声も震えちゃうんだけどね」

照れ気味に舌を出す未仔に、夏彦が耐えられるわけもなく。

「～～～っ！　未仔ちゃんが天使過ぎて尊いです……っ」

可愛いという感情がオーバードライブ。発熱する顔を両手で押さえて大悶絶《もんぜつ》。

そんなバカレシに、「もう、ナツ君は大袈裟《おおげさ》だなぁ」と照れ気味に未仔は頰《ほお》を緩ませる。

そして、微笑《ほほえ》みついでに夏彦へと手を伸ばしつつ言うのだ。

「こんな私のワガママに付き合ってくれますか？」

彼女にここまで言わせておいて、根性見せないなんて彼氏として有り得るのだろうか。

答えは分かり切っている。

分かり切っているからこそ、手を差し伸べてくる未仔の手を夏彦は握らない。

「ひゃっ。ナツ君っ⁉」

その代わり、未仔をお姫様抱っこで持ち上げる。

彼女が頑張る理由が自分だと知ってしまえば、自分だって彼女のために頑張りたいに決まっている。２人で頑張りたいと思ってしまう。

「ワガママなんかじゃないさ！　一緒に最高の思い出を作ろう！　そして、ご利益にあやかっちゃおう！」

抱きかかえられた未仔の目が見開かれる。『私重くないかな？　ナツ君無理してないかな？』と心配している場合ではないことを知る。

決してプロポーズされたわけではない。

それでも、今だけはプロポーズと錯覚して良いと思ってしまう。

「はいっ。一緒に最高の思い出を作りましょう♪」

彼女の笑顔、彼女の許諾に、夏彦の『やったるで!』感がさらにUP。

この高揚感さえあれば重力にも勝ってしまう、何なら翼を授かっているのでは? と錯覚してしまうくらい。

猛《たけ》る気持ちを抑えきれない。

「未仔ちゃん、いつでも大丈夫ですっ!」

「うん、いくよ?」

未仔が全てを委ねるかのように夏彦の肩へと手を回す。

夏彦が『絶対に守ってみせる』という意味を込め、未仔をさらに手繰り寄せる。

機は熟す。


「3、2、1! ジャ〜〜〜〜〜ンプ!!!」

力強く地面を蹴り上げた夏彦が、未仔を抱きかかえたままに恋人岩からフライアウェイ。

「どわぁぁぁぁぁぁぁ!」「ひゃ〜〜〜〜〜〜〜!」

やはり重力に勝てるわけはないし、翼が生えているわけもない。

それでも後悔や恐怖心が無いのは、抱きかかえている未仔のおかげに違いない。

　未仔が鞭打《むちう》ちにならないようにとしっかり抱き締め、ドバァァァアン！　と巨大な水柱を打ち上げつつ落水。

　海面に叩《たた》きつけられた背中や尻が痛い。ドMというわけではないが、今はその痛みが生きていることを実感でき、夏彦としては只々嬉《ただただうれ》しい。

　大急ぎで海から顔を出し、

「ぶはぁ！　未仔ちゃん！　未仔ちゃんは大丈夫だった⁉」

　今もしっかり抱きかかえたままの未仔へと話しかける。

　けれど、
　未仔はパッチリお目目を一層丸くしたまま微動だにせず。「私は鳥になりたいです」とでも言わんばかりに、青空を優雅に羽ばたくカモメたちを眺め続ける。

「⁉　もしかして、どこか怪我《けが》した――、」

「――ふふっ！　あはははっ！」

「未仔ちゃん⁉」

　打ちどころが悪かった？

　そんなわけがない。

「すっ～～～ごく怖かった！　けど、すっ～～～ごく面白かったです！」

未仔のテンション爆上がりに、夏彦の目が点に。

しかし、それは一瞬だけの話。つっかえが取れたように晴々と笑い続ける未仔を見てしまえば、夏彦としても目を点にしている場合ではないと気付く。

負けてはいられないと、夏彦もテンションMAX。

「めっちゃ分かる！　ひゅ〜〜〜ってなったら、バッシャ———ンってなったよね！」

「ナツ君、表現がアバウトすぎるよっ！　でもそうかも！　ひゅ〜〜〜ってなったら、バッシャ———ンでした！」

「「あははははっ！」」

白い歯が見えるくらい2人で笑い合えるのは、まさしく勇気を振り絞ることができたからだろう。

「えへへ♪　最高の思い出ができちゃったし、これでご利益もあったら本当に幸せだよね？」

「う、うん……！」

未仔の嬉々《きき》とした笑顔を見てしまえば、「今すぐ婚姻届けを出しに行きましょう」と思わず言ってしまいそうなくらい、ご利益をバリバリに感じる夏彦である。

とはいえ、プロポーズはまだまだ先の話。自分の思い描く理想の彼氏像を手に入れるこ

とが目下の目標なわけで。そういった再確認の意味でも、今回の飛び込みチャレンジは大成功と言えるのではなかろうか。

ドバドバ出ていたアドレナリンが落ち着いていき、恋人岩付近の陸を目指して夏彦と未仔は泳ぎ始める。

一足先に地面へと足を付けた夏彦は、ポケットに入れていたスマホの存在を思い出す。

「そうだ！　折角《せっかく》だし未仔ちゃん、恋人岩をバックに記念撮影しようよ！」

「うんっ♪　思い出に1枚撮っちゃおっか」

今この笑顔をカメラに収めないでどうすると、夏彦は防水ケースに入れたスマホをポケットから取り出す。

「こんな可愛《かわい》い未仔ちゃん撮れちゃいました！」と新那や奏に自慢したい逸《はや》る気持ちを抑えつつ、夏彦は未仔のほうへと振り向く。

そして、ようやく気付く。

「!?!?!?　み、未仔ちゃん!?」

「？　どうしたの、ナツ君――、ひゃっ……！」

夏彦が目を引ん剝《む》いてしまうのも無理はない。

未仔が思わず固まってしまうのも無理はない。

（み、未仔ちゃんの生おっぱい……!!!）

露《あらわ》になっているのだ。未仔の生おっぱいが。

ＹＥＳ、未仔 is ポロリ。

急こう配なウォータースライダーから落ちてきた女性がポロリするというラッキースケベを夏彦は耳にしたことがあるが、まさか自分の彼女がポロリしてしまうなどと想像しておらず。

とはいえ、ポロリしてしまうのも頷《うなず》ける。それくらい小柄な彼女に実った果実は、はち切れんばかりの成長っぷり。これだけ高いところから落ちてしまえば、ビキニ紐《ひも》が耐えられないのも無理はない。

真夏の太陽の下にさらされた、普段なら絶対に拝むことのできないボリューミーでツンとした禁断の果実が、真っ白でフワトロに育ち上がっている。いつでも召し上がれと言わんばかりの完熟具合が実に初々しくエロエロしい。

文字通り手ぶらで零《こぼ》れ落ちんばかりの胸を隠したり、胸の前で垂れる三つ編みであったり、内股座りでしゃがみ込む姿であったり。エッチなグラビア雑誌の表紙ならば重版出《しゅっ》来待《たい》ったなし。１人十冊お買い上げ。

男の浪漫《ろまん》を感じている場合ではない。

「ごごごごごめん！　あまりのハプニングに見惚《みと》れちゃって！」

「う、ううん……！　お、お見苦しいものをお見せしちゃいました……」

「いやいやいや！　お見苦しいなんてとんでもない！　素晴らしいもの――、〜〜〜っ！　と、とととにかく！　流れたビキニを拾ってくるよ！」

記念撮影などしている場合ではない。万が一、撮影しようなどと提案するとしたら、ド変態にもほどがある。

未仔の水着を探そうと、もう一度、落水ポイントへ夏彦は引き返そうとする。

のだが――、

「ひゃっほ〜〜〜〜〜〜〜♪」

「そ、その声は！」

聞き覚えのある声と同時に、物凄《ものすご》い勢いで何者かが落ちてくる。

琥珀である。

けたたましい水飛沫《みずしぶき》を上げ、顔を出した琥珀は「たっはぁぁぁ〜〜〜ん♪　飛び込みめっちゃ面白い！」と１人ケタケタと大笑い。どれだけ海をエンジョイしているのだろうか。

「さーて！　次は伸身ユルチェンコ3回半ひねりに挑戦しながら飛び込も――、ん？」

意気揚々ともう一度、恋人岩へ戻ろうとする琥珀だが、『見覚えのあるモノ』が海に浮かんでいることに気付く。

未仔のビキニである。

「んんん？　この水着って、未仔ちゃんの……？　んんんんんん!?　そこにいるのは――、ナツと未仔ちゃん？」

琥珀が目を凝らす視線の先。

そこには、手ぶらでおっぱいを隠す未仔と、突っ立ったままの夏彦。

運が悪かったのは、夏彦がカメラモードのスマホを握り締めていたことだろう。

手ぶらの少女と、スマホを握りしめる半裸監督。

琥珀がそこから導き出す答え。

「ハ、」

「「ハ？」」

「ハ、ハメ撮りや――――――――!!!」

「違うわぁぁぁぁ〜〜〜〜!!!」

この後、未仔にハメ撮りの意味を尋ねられるが、しらばくれる夏彦であった。

※　※　※

波乱万丈な海水浴も終わり、一同は夕飯に向けて準備を始める。

今現在、夏彦と未仔は買い出しを終え、ゲストハウスに戻る最中。

夕焼け空の下、高い建物の少ない長閑《のどか》な田舎道を二人並んで歩く。普段なら恋人握りしながら歩くのだろうが、今回は食料がたっぷり詰まった大きなマイバッグの持ち手を一つずつ持ち合う。

互いの温《ぬく》もりこそ伝わらないものの、「ちょっとした新婚生活を味わえて役得だな」と夏彦は思ってしまったり。「さりげなく俺の負担を減らそうと、高めに腕を上げてくれる未仔ちゃんはやっぱり気配り上手さんだよなぁ」としみじみ感動してしまったり。

まさに幸せココにありけり。

幸せなのは未仔としても激しく同意に違いない。

とはいえ、

「ねぇ、ナツ君」

「んー？　どうしたの？」

「明日はね。代わりばんこじゃなくて、にーなちゃんも入れて3人一緒に海で遊ぶのはどうかな？」

「………。え～～～」

「ナツ君、露骨すぎだよ……」

夏彦の幸せが一瞬で消失。「苦虫を煎じて一気飲みしたんかワレ」と聞きたくなるくらい嫌そうな顔をして、分かりやすく妹を拒絶する愚兄。

やはり未仔としては、彼氏と親友、兄と妹でもある2人には仲良くしてほしい。

故に、健気《けなげ》にもアプローチをリトライ。

「折角の旅行なんだからさ！　にーなちゃんとも仲良くしようよ！」

「ノンノンノン、未仔ちゃん」

「？？？　何がノンノンノンなの？」

「折角の旅行だからこそ、未仔ちゃんと2人っきりで過ごしたいんです！」

夏彦の雄々しい瞳かつ、力強く宣言する姿に未仔は思う。

『あ……。私とナツ君とでは、考えが根本的に違うみたいです……』と。

未仔のお願いならノータイムで了承する系男子の夏彦。

しかし、妹が絡んでくるともなれば話は別。

それもそのはず。旅行中の新那は、妹である以上に最大のライバルなのだ。親友ポジションなど知ったこっちゃない。

当然、新那側としても夏彦と同じ意見。未仔とかけがえのない思い出を作りたい気持ちは兄に負けず劣らず。彼氏ポジションなど丸めてゴミ箱にポイ。

日常では仲の良い兄妹《きょうだい》だからこそ、ぶつかり合うときは激しくなるのかもしれない。

『困ったさんの兄妹は、どうすれば解決できるのかな……？』と未仔は頭を捻《ひね》らせるが、根本的な解決策は直《す》ぐに思い浮かばない。

まさに神頼みといったところか。

「あんまり仲良くしなかったら、グルゲゲ様に洗われちゃうよ？」

まさかのグルゲゲ様チョイス。

未仔は本気で夏彦を脅かしたいのだろう。小さな背丈を目一杯大きく見せようと背伸びしつつ、「ガオ〜〜！　ガオッガオッ！」と夏彦へ吠《ほ》えてみせる。

夏彦の反応としては、

「うんうん……。こんなに可愛いグルゲゲ様なら、毎日洗われたいくらいだよ」

怖がるどころか只々《ただただ》彼女が愛くるしいだけ。緩み切った表情で未仔の頭をナデナデしてしまうバカレシぶり。

「むぅぅぅ〜！　そんなマイペースなこと言ってると、本気で洗っちゃうぞ〜！」と未仔が抱き着いて脅してくるのだが、やはり夏彦としてはご褒美でしかない。

(この子が本物のグルゲゲ様なら、世界は争いだらけになるんだろうなぁ……)

そんなおバカなことを考えているときだった。

「……」

「ん？　未仔ちゃん？」

どうしたことか。夏彦にくっついて慌ただしくしていた未仔の動きがピタリと止まる。

そして、ただただ何かを見つめている？

固まった未仔の視線へと、夏彦もゆっくり合わせていく。

(誰かいる……)

視線の先は畑横の水洗い場。しゃがみこんで作業しているだけに顔までは見えないが、1人の人物が使い終わったであろうクワやスコップといった農具をジャブジャブ、ザバザバと入念に水で洗い流していた。

それだけ聞けば何も違和感はない。

しかし、明らかに身なりが異様なのだ。

現代っぽさの欠片《かけら》もない、藁《わら》を編み込んだ蓑《みの》の衣装を身に纏《まと》い、素足には草履。

何よりも不気味なのはヘルメット――、というより、ココナッツのような木製の被《かぶ》り物をしていることだろう。

確証は持てない。けれど、思い当たる存在が夏彦と未仔にはいた。

「「グルゲ……、様？」」

2人が呟《つぶや》いた瞬間、
声に気付いた人物が、クルンと夏彦たちのほうへと振り向いて立ち上がる。

「出たぁぁぁ！」「キャ――――！」

丸くて大きな黒目と口の化け物がそこにはいた。

まさかのご本人登場？

夏彦と未仔はグルゲゲ様を見たことがないから、ご本人なのかは分からない。

けれど、ここにいてはダメなことくらいは分かっている。

「て、撤収ぅぅぅ！」

買い物袋を持っている場合ではない。夏彦は未仔をお姫様抱っこすると、その場から全速力で退避。

未仔としても本日二回目のお姫様抱っこだと感傷に浸る余裕などない。

「ナ、ナツ君っ！　あれってグルゲゲ、様……だよね？」

「分からない！　けど、グルゲゲ様じゃない場合は、不審者確定だから逃げるのが一番だよ！」

「グルゲゲ様も怖いけど、不審者でも怖いよう……！」

「仮にグルゲゲ様だったとしても、俺と未仔ちゃんに仲違《なかたが》いなんてあり得ないから、これ以上追いかけてきたりは――、」

『オ～～～イ！』

「え……。⁉⁉⁉」

何ということでしょう。

振り向けば、グルゲゲ様が手を振って追いかけて来ているではないか。

「私たちの買い物バッグ持ってるよ⁉」

森のくまさんさんもとい、田舎町のグルゲゲ様状態。

子供の頃は何気なく歌っていた童謡も、クマさんが可愛《かわい》いと思っていただけだったが、

『カイモノブクロオキッパ～～～～！』

追い越せ追い抜かんと迫りくるグルゲゲ様がただただ怖い。

「警察って110番だっけ⁉　117だっけ⁉　猟友会の電話番号って何番⁉」

『マ、マッテ！　ボク、ボクダヨ！　ボク！』

「新手のボクボク詐欺⁉」

『ダカラボク！　オーナーダッテ！』

「「え……。オーナー……？」」

聞き覚えのあるワードに、夏彦の足がようやく止まる。

さすれば、ゼー、ハー、ゼー、ハーとダースベイダーかよというくらい呼吸を激しくするグルゲゲ様？　が木製の仮面を外す。

そこには、蒸しに蒸されて汗まみれになったオーナーがこんにちは。

「いや〜！　ごめん、ごめん！　君たちとグルゲゲ様の話してたら、久々にグルゲゲ様の恰好《かっこう》したくなっちゃって！」

「「……」」

「最近、カラスが畑荒らすから、案山子《かかし》感覚でコスプレしたままで作業してたんだよ！ははははは！」

唖然《あぜん》とする夏彦と未仔は思う。

本物のグルゲゲ様に洗い流されろと。

4章：未仔を賭けた戦い

買い出しを終えたからといって、任務完了というわけではない。

働かざるもの食うべからず。ゲストハウスに戻ってきた夏彦《なつひこ》と未仔《みこ》は、残りの調理班と合流して夕食作りに勤《いそ》しんでいた。

男チームである夏彦と草次《そうじ》は、大広間にあるテーブルにて海鮮ちらしの仕込み中。

大きな木桶《きおけ》に入った人数分のシャリに、甘辛く煮たシイタケやニンジン、食感にアクセントを加えるレンコンやタケノコといった具材をレッツラまぜまぜ。まだメインの海鮮を盛り付けていないにも拘《かか》わらず、美味《うま》そうな匂いが遊び疲れた胃を刺激するの何の。

そんな2人の話題は、先程エンカウントしたグルゲゲ様もどきのオッサンについてで、

「ははっ！　それは災難だったな」

「笑いごとじゃないって！」

大爆笑する草次に対し、大反論する夏彦。

「グルゲゲ様の話してたら、水洗い場で農具洗ってる不審者がいたんだぞ？　そんなもんグルゲゲ様って思うでしょ！　洗われると思うでしょ⁉」

飾られた神棚を思わず見上げれば、『カイモノブクロオキッパ〜〜〜〜！』と買い物バッグを振り回しながら全力で迫りくる化け物がフラッシュバック。少し冷房の効きすぎた室内なだけに鳥肌量も1・5倍である。

「まぁ良かったんじゃないか？　グルゲゲが兼次《かねつぐ》おじさんで」

「えっ。どうしてオーナーさんで良かったんだよ」

「考えてもみろよ。グルゲゲが兼次おじさんじゃなかったほうが、よっぽどホラーだろ」

「……」

夏彦は想像する。

追いかけてきたグルゲゲ様がヘルメットのような被《かぶ》り物を外す。

そこには全く知らないオッサンがコンニチワ。「どなたですか？」と問えば、「そうです、ワタスが変なおじさんです」と目の前で謎のダンス。

ダンスが終われば、そのまま首根っこを引っ摑《つか》まれて「キレイキレイしましょーねー」と水道で顔をジャブジャブと水責めの刑。

最終的には物干し竿《ざお》に吊《つ》られて、ナツミコの天日干しが出来上がり。

そんな光景を思い浮かべれば、鳥肌どころかサーッと血の気が引いていく。

「うん……。確かに本物のホラーだけは避けられて良かったのかも……」

クールに笑う草次は、シャリを冷ますのに使っていた大きなウチワで自分の身体《からだ》を扇《あお》ぎ始める。テーブルに片肘ついて扇いでいるだけなのだが、やはり絵になる男だ。

そんなイケメンとしてはグルゲゲ様の正体がオーナーであろうと不審者であろうと、はたまたグルゲゲ様御本人だとしてもどこ吹く風なのだろう。

「そんなことよりだな、夏彦」

「どんなことよりだよ、草次」

「今俺たちが気にすることは、グルゲゲなんかじゃないだろ」

自分と彼女の恐怖体験を軽くあしらわれてムッとする夏彦だったが、草次の視線の先へと目をやれば、直《す》ぐに理解できてしまう。

「うん……。おっしゃる通りかも……」

「だろ？」

2人の見つめる先は、大広間に併設されたアイランドキッチン。

そこではエプロン姿のＪＫ４人が仲睦《なかむつ》まじく料理している。

はずなのだが、

奏《かなで》&琥珀《こはく》に注目。

見た目は美少女、中身はオッサンの琥珀は、素麵《そうめん》で七色の食感を創造《クリエイト》するファンタジスタ。

本来ならば男グループと一緒に簡単な作業を担当したほうが良いのだが、「1人暮らししてるなら、最低限の料理スキルはあったほうがいい」という奏の提案の下、アシスタント的ポジションで基礎知識を教わりながらキッチンに立っている。

今現在はハンバーグのタネである合挽肉《あいびき》や玉ねぎ、卵やパン粉などの入った具材をかき混ぜつつ、家庭科の授業中のようで、

「琥珀ちゃん、料理の『さ・し・す・せ・そ』は知ってるかな？」

タンクトップにエプロンと、角度によっては裸エプロンに見える琥珀は答える。

「えっとねー。『砂糖・塩・酢・背脂・味噌《みそ》』やんね」

「しれっと一つ間違えてるよ……。醤油《しょうゆ》です！　日本人なんだから、醤油を忘れちゃダメだよ琥珀ちゃん！」

関西女も日本人。

奏から大ヒントを貰《もら》えば、『せ』が背脂ではなく、醤油《せうゆ》だということに気付く。

――ことはなく。

「えっ。『そ』ってソイソースなん？」

「――こ、こじつけがすごい……」

奏のエプロンがずり落ちそうなくらいの珍解答。

『ソイソースも醤油だし、テストの解答だったら△になるかも？』と、超どうでも良いことが頭によぎってしまう奏だが、今はそんなことを考えるよりも先に更生すべき阿呆《あほう》がいることを思い出す。

「さ、さぁ琥珀ちゃん！　気を取り直してハンバーグ焼いてこっか！」

「任せんしゃい！　一個一個焼くのまどろっこしいし、この中華鍋に全部ぶち込んで強火で──、」

「絶っっっ対、止《や》めて！」

「……それはフリ？」

首を傾《かし》げる琥珀がただただ恐ろしい。

次いで、一年生コンビである未仔と新那《にいな》に注目。

ちらし寿司《ずし》に使う海鮮を捌《さば》き中のようだ。

料理大好きガールの未仔の手に掛かれば、クルマエビの下処理もお手の物。

エビの両足の間に親指を入れ込み、そのままスルンと殻と身を引き離す。背中に浅く切れ目を入れて雑味となる背ワタを竹串で引っ張り出せば、あっという間に『クルマエビ剝《む》いちゃいました』の完成である。

解体屋《バラシヤ》ジョネスもビックリのテキパキ加減に、「わ〜！」と親友の新那も思わず小拍手。

「ミィちゃん、エビも剝けちゃうんだねー！」

「えへへ。頑張ってマスターしました♪」

料理ができる女の子でも、生臭い魚介系などはNGというケースは珍しいことではない。

未仔としても触り始めの頃は、どちらかといえば苦手な部類だった。

しかし、意中の夏彦に新鮮な魚を食べてもらいたい、好きな殿方の胃袋をガッツリ摑みたい。そんなLOVEな気持ちが、エビの剝き方、魚を3枚におろす方法、タコやイカの墨を除去する方法などをマスターする活力となっていたのはココだけの話。

「？？？　にーなちゃん？」

どうしたことか。未仔が剝き終わったエビたちを、新那はまじまじと見つめたり、何かを悟ったようにウンウン頷《うなず》いたり。

「エビってすごく美味《おい》しいけど、最初に食べた人ってチャレンジャーだよね」

「えっ？」

さすがは『ド』が付くほどのマイペースガール。

「だってだよ、ミィちゃん」と、新那はまだ剝かれていないクルマエビをひょいと持ち上げる。その眼差《まなざ》しはボケているわけではなく真剣そのもの。

「エビの見た目って結構グロテスクだもん。足が沢山ついてて虫っぽいし、BB弾みたいにクリッとした目は宇宙人ぽいし。それに、海の中だと黒っぽい身体も、茹《ゆ》でたら真っ赤になるんだよ？　味以前に『毒あるかも……？』って心配になっちゃうレベルだよ」

「た、確かに、そう言われたらエビを一番最初に食べた人はすごいって思えちゃうかも……！」

「でしょ？　キッカケが無かったら絶対食べないよね～。きっと、ジャンケンに負けた漁師さんか誰かが、罰ゲームで無理矢理《むりやり》食べたとかが始まりだよ。『あれ？　エビめちゃくちゃ美味しいぞ！』みたいな感じだと思うの」

「どんだけ緩い由来だよ」と遠距離ツッコミをかましたい夏彦だったが、

「それめっちゃ分かるわぁ～」

ハンバーグをコネコネしつつ、琥珀が話題に参戦。

「新那の言う通り、まだまだ食わず嫌いな食材が世には溢《あふ》れてるとウチも思うわ。エビっぽいし、ダイオウグソクムシとかワンチャンいけるんとちゃう？」

「琥珀ちゃん、あれってダンゴムシとかダンゴムシの仲間らしいよ」

「ほうほう！　ということは、ダンゴムシも小エビ感覚で美味しい可能性を秘めてるってことやね？」

ハンバーグをこねている場合ではない。『一刻も早く新たな発見を検証せねば！』と琥珀は力強く頷く。

「よっしゃ！　失敗は成功のもと！　ちょっと外にある石ひっくり返して、ナツのちらし寿司にトッピングするダンゴムシ――、」

「何がよっしゃ!?　失敗前提でトッピングしようとすんじゃねえ！」

ケタケタケタ！　と笑う琥珀はドSの極み。

さすがに冗談ではあるのだろうが、ダンゴムシ抜きにしても「俺たちはまともな食事ができるのか……？」と思う夏彦と草次であった。

まさにヘルズキッチンである。

待ちわびた夕食タイム。

琥珀という爆弾がいるとはいえ、料理のエキスパート2人のコラボが実現したのだ。無事に夕飯は豪華絢爛《ごうかけんらん》なものが出来上がる。

エビやマグロやサーモン、ホタテなどなど。極めつけは『持ってけ泥棒！』とばかりにたっぷりのイクラが盛り付けられた海鮮ちらし寿司。絹サヤや錦糸卵といった彩りも加われば、宝石顔負けのラグジュアリー感を醸し出す。

ふっくら蒸し焼きにされた俵形ハンバーグ。ナイフやフォークを入れれば、じゅわっと肉汁が溢れ出し、お手製ドミグラスソースと混ざり合う反則コンボ。

他にも唐揚げやパスタ、シーザーサラダやポテサラなどなど。大所帯での夕食ともなれば、大広間のテーブルに並べられた料理のバリエーションは非常に富んでいる。

「あっ。このハンバーグ、絶対未仔ちゃんが作ったやつだ！」

良きモノを発見したと、夏彦はハンバーグが盛り付けられた大皿の中から、一つのハンバーグを迷うことなく自分の小皿へと取り分ける。

隣席でパスタをくるくるとフォークで巻いていた未仔がきょとんとする。

「？　ナツ君、どうして私が作ったたって分かるの？」

「簡単だよ。だって未仔ちゃんサイズだからさ」

「私、サイズ？　……あっ」

ニッコリ笑顔の夏彦が未仔の前で手を広げてみせれば、未仔もようやく気付く。

未仔サイズ、それすなわち小さいサイズであることに。

別に合わせる必要はないのに、未仔は夏彦の手と自分の手をぺたりと合わせてみる。やはり、夏彦より一回りどころか二回りくらい小さい。

さらには、『合わせるだけじゃ物足りないんです』と夏彦の手を恋人握りする甘えん坊っぷり。

「えへへ。言われてみれば、私のハンバーグってバレバレだね？」

「いやぁ〜♪　バレバレだからこそ、ありがたく未仔ちゃんのハンバーグをいただけて最高だよ」

行儀悪いとは知りつつ、ついつい手を握り続けてしまうナツミコである。

食事中もイチャイチャするバカップルを尻目に、自分の取り皿へと一回り小さいハンバーグを回収した琥珀もチェックする。

「ほんまやね〜。確かに未仔ちゃんサイズやわ。ナツのことやから、『未仔ちゃんの指紋がべっとり付いたハンバーグ、見間違うわけないんだZE？』くらい言うと思ってた」

「お前の中の俺は、どんだけ変態なんだよ……」

「んっとなぁ。泣く子も大爆笑するくらい？」

「超ド変態じゃねーか！」

泣く子の代わりに琥珀がケタケタケタ！　と大爆笑。

「というか琥珀！　お前は自分の焼いたハンバーグを食べろよ！」

変態扱いされた腹いせか。夏彦は大皿に並べられたハンバーグの中から『明らかに異端』なものを指差す。

そこには、備長炭――、ではなく真っ黒に焦げたボロボロのハンバーグが。

琥珀が試しに焼いた結果の失敗作である。

「折角《せっかく》ウチが丹精込めて調理したわけやし、この炭火焼ハンバーグはナツに処理――、食べてもらいたいわ」

「今、処理って言った⁉　絶対イヤだ！」と夏彦が拒めば、「何やコラ。また二人羽織で食らわしたろかい」と脅しをかける琥珀はもはやテンプレ。

「こらこら。食べ物で遊ばないの」と2人を注意する奏は、炭火焼ハンバーグという名のハンバーグ炭も一応は食べ物にカテゴライズしているようだ。

おっとりお姉さんの本題は今からのようで、

「でさ。夕食食べた後は、皆で何して遊ぼっか？」

醜い争いをしていた夏彦と琥珀もピタリと動きを止める。

思い出したのだ。まだまだ楽しい旅行が続いていることを。

プレイルームを使ってダーツやビリヤードなどなど、バリエーション豊かな競技で汗を流すも良し。

シアタールームを使って映画やゲームなどなど、臨場感満載なスクリーンやスピーカーでエンタメを満喫するも良し。

海が一望できる広場に行って、未仔父が提供してくれた花火セットで夏の定番を謳歌《おうか》するも良し。

エトセトラ、エトセトラ……。

何をするにも捨てがたい、選択肢が多ければ多いほど、その考える時間さえ胸躍らせてしまうのはお約束なのだろう。

楽しい近未来に、夏彦が瞳を輝かせていると、

「ねーねー、夏兄」

「ん？ どうした新那」

向かい側の席の新那が、いつになく瞳に覇気を宿らせて言うのだ。

「ここらで一つ、ミィちゃんを賭けて勝負しない？」

「⁉ 勝負、……だと？」

お気楽ムード一変。妹からのまさかの提案に、「その話詳しく聞かせてもらおうか！」と夏彦は背すじを正す。

未仔に関しては、

（ま、また何かが始まろうとしている……！）

兄妹《きょうだい》に振り回されるのは、いつもこの少女なのは言うまでもない。

そんな未仔の気苦労も露知らず。「夏兄、考えてもみてよ」と新那は続ける。

「明日の海水浴でもミィちゃんの取り合いになるのは目に見えるでしょ？　もっと言っちゃえば、残りの夏休みもミィちゃんを取り合う仁義なき戦いは続くわけでしょ？　それってすっごくエネルギー効率悪いと思うの」

「うんうん……。実にマイペースなお前らしい意見だと思うぞ」

「そこでですっ！」

「!?」

新那、渾身《こんしん》の力を込めた人差し指を夏彦へと突きつけて宣言する。

「夏休み中、ミィちゃんと優先的に遊べる権利を賭けて、夏兄に勝負を挑みますっ！」

アミューズメントパークの乗り物で、優先的に乗れるファストパスチケットの如《ごと》し。

お互いに気を遣ったり、取り合ったりするのはまどろっこしい。ならば、いっそのこと決着をつけてしまおうと。地獄を見るのは片方だけでいいと。

妹のぶっ飛んだアイデアに対し、兄は何を思うか。

「何だその名案すぎる名案！　よし乗った！　乗らざるを得ない！　勝負だコノヤロ

ウ！」

「『交渉成立！』」とガッツリ握手し合う兄妹は、仲が悪いのか良いのかよく分からない。

『負けたくない、負けるわけがない』というお互いの思考はカイジのソレなのだが、それくらい未仔と最高の夏休みを過ごしたい意欲が強い。

未仔信者なら仕方がないことなのだろう。

だからこそ、夏彦と新那は予想外だっただろう。

「私も参加したいでーす♪」

「『えっ⁉』」「奏先輩っ⁉」

元気いっぱいに参加表明するのは、同じく未仔信者である奏。

「未仔ちゃんは２人だけのものってわけじゃないでしょ？　だったら私にも参加する権利はあると思うんだよね」

至極真っ当な権利を主張しつつ、奏は優勝賞品である未仔を抱き締める。

「私がもし勝負に勝ったら、可愛《かわい》いお洋服をいっぱい着てもらおっと！　可愛い写真をいっぱい撮らせてもらっちゃおっと♪」

思わぬ伏兵どころか、ラスボス出現に戦々恐々する傘井《かさい》兄妹。

さらに裏ボスまで出現。

「その勝負、ウチも参加する！」

「「ええっ⁉」」「こ、琥珀さんもっ⁉」

裏ボスの名は琥珀。

琥珀は未仔を見つめつつ、うんうんと深く頷《うなず》き続ける。

「ウチが勝利をかっさらって、毎朝美味《うま》い味噌汁《みそしる》を作ってもらうんや。もう素麺《そうめん》生活は飽き飽きしてるんや」

「何でプロポーズチックなんだよ……」

「ちな、給仕してもらうときの服装はメイド服を予定」

「メ、メイド服……⁉」

未仔と自由に遊べるからといって、自由なオプションが付くわけではない。

それでも、メイド服姿の未仔を妄想してしまうのがバカレシの性《さが》。

◆　◆　◆

玄関を開ければ、ちょこんと正座したメイドさんが、少し照れ気味笑顔でお出迎え。

「おかえりなさいませ、ご主人様♪」

メイド姿の未仔降臨。

『鬼に金棒』ではなく、『未仔にメイド服』。

そんなオリジナルことわざが湧いてしまうくらいキュートでガーリーな彼女には、フリフリレースのエプロンや、頭に飾られたホワイトブリムが良く似合っている。

してもらいたい欲望は止《とど》まることを知らず。

膝枕してもらったり、マッサージしてもらったり、子守歌&添い寝してもらったり、剝《む》いてもらったリンゴをあ〜んしてもらったり。

夏休みも終わり、メイド生活も終了。

ちょっと残念がる夏彦に対して、未仔メイドは熱っぽく耳元で囁《ささや》くのだ。

「ご主人様もいいけど、ナツ君には私の旦那様になってもらいたいな……？」

と。

◆　◆　◆

(〜〜〜〜っ！　未仔ちゃんメイドが国宝級すぎる!!!)

妄想から、おかえりなさいませバカレシ様。

邪《よこしま》な妄想をおかずに、今すぐにでも海鮮ちらしをかき込みたい夏彦であった。

「あ―――っ！　夏兄、絶対ミィちゃんのメイド服姿想像して興奮してるでしょ！」

「し、仕方ないだろ！　メイド姿の未仔ちゃんは絶対可愛いんだから！」

意味不明な供述をする夏彦は羞恥心ＭＡＸだが、未仔としても妄想されているだけに顔が灼熱《しやくねつ》に火照るばかり。

そんなこんなで、未仔を賭けた天下一決定戦が開催されることに。

◆◆◆

勝負前の入浴中です。

日焼け止めの塗りが甘かったからかな？　ちょっとお尻の部分がヒリヒリしちゃいます。

ヒノキが香る大浴場はとても大きく、一日の疲れを癒《いや》すには打ってつけの場所だと思う。けれど、肩までお湯に浸《つ》かったとしても、私の感じている心のモヤモヤまでは癒してはくれないようだ。

そんなことをぼんやり考えつつ、洗い場にいるにーなちゃんと琥珀さんに注目してしまう。２人は洗いっこしながら、ちょっとエッチな話をしているみたい。

「琥珀ちゃんおっきーい！　ミィちゃんより大きいおっぱい初めて見た！」

「まだまだ若者には負けへんよ！　とか言いつつ、不便でしかないんやけどねぇ」

「え〜。羨ましいよ〜」

「のんのんのん。こんなもん重いだけで、一時的な物置き場所くらいしか用途ないんよ」

「さすがにもっとあるでしょー！」

「ほほう？　なら、しゃーないなぁ」

「？？？　琥珀ちゃん、何がしゃーないの？」

一瞬の出来事です。ボディソープを胸に1プッシュ、2プッシュした琥珀さんが、隣に座っていたにーなちゃんをガバッ！　と大胆に抱き締めたのは。

「しゃーなしやで！　このおっぱい、新那のために余すことなく使いまくったろ！」

「きゃ〜〜〜♪　琥珀ちゃんのおっぱい泡々でフワフワ〜〜♪」

見てるコッチが真っ赤になっちゃう……！　それくらい大きなおっぱいを泡だらけにした琥珀さんは、にーなちゃんの全身へとたっぷり押し付けたり擦り合わせたり。ぱふぱふなんかもしちゃったり。

すごくエッチに見えちゃうのは私だけなのかな……？

「2人とも仲良し姉妹みたいだよね」

奏先輩も身体《からだ》を洗い終えたようだ。2人のやり取りを微笑《ほほえ》まし気《げ》に眺めつつ、私の浸かる湯船へとやって来る。

琥珀さんも大人っぽいけど、やっぱり奏先輩も大人っぽいな。

色っぽいっていう表現が正しいのかな？　しっかり手入れされた黒髪がお湯に浸からないようクリップでまとめる姿であったり、波が立たないよう静かに湯船へ腰を下ろす姿であったり。一つ一つの所作がとても女性らしくて、同性の私からしても見惚《みと》れちゃう。

憧れの先輩は何でもお見通し。

「未仔ちゃん。ずっと浮かない顔してるよね？」

「！　分かり、ますか？」

「簡単に分かっちゃうよ。未仔ちゃんは中学時代からの可愛い後輩だもん」

私も簡単に分かってしまう。

先輩が本気で私のことを大切に想《おも》ってくれていることを。それくらい穏やかな笑みを浮かべつつ、私の頭を優しく撫《な》でてくれる姿には説得力がある。

「次の未仔ちゃんを賭けた勝負――、というより、夏彦君と新那ちゃんのことだよね？」

「……はい」

一つ頷けば、ちょこんと湯船に鼻先が当たってしまう。

「そうなんです。折角《せっかく》楽しい旅行に来てるんだから、2人とも私の取り合いなんかしないで皆で仲良く遊べばいいのになって」

「夏彦君と新那ちゃんってさ。未仔ちゃんを取り合うライバルであると同時に、兄妹だから本音を包み隠さずぶつけ合っちゃうんだろうね」

「です……」

「本気で大喧嘩《おおげんか》してるわけじゃなくて、あくまでライトに言い争ってるんだよね。そこが却《かえ》ってコッチを困らせちゃうんだよね」

「ですです……」

頷けば頷くほど、身体をしゅんと小さくすればするほど。肩までしか浸かっていなかったはずの私の身体は、気付けば顔半分くらいまで水没してしまっている。

「こらこら。ちゃんと息しなさーい」

「ご、ごめんなさい……」

「うーん。じゃあさ、こんな感じの作戦はどうかな？」

「？？？　作戦、ですか？」

全く予期していなかった奏先輩の言葉に、沈んでいた顔が持ち上がる。

「あのね。――こんな感じで、……こうして――、」

「!!!」

耳元で全容を教えてもらえば、顔どころか、沈んでいた気持ちまでグググッ！　と持ち

上がっちゃいます。

「ほ、本当にそんなことをお願いしちゃってもいいんですか？」

「うんっ。そこまで難しいことじゃないと思うし、ここは奏お姉さんの大船に乗ったつもりで大丈夫♪」

「奏先輩っ……！　ありがとうございます！」

一縷《いちる》の希望が芽生えれば裸なことを忘れて、ついつい奏先輩に甘えてしまう。

「あははっ！　私たちも仲良し姉妹になっちゃった！」

「えへへ……。今だけは奏お姉ちゃんですっ♪」

「今だけじゃなくてもいいんだよ？」と奏お姉ちゃんに提案されてしまえば、先輩も良いけど、お姉ちゃんも良いものだなと本気で悩んじゃうな。

「「2足す2は4姉妹〜〜〜！」」

「琥珀さんとにーなちゃん⁉」

身体を洗い終えた2人も私たちと合流して、お風呂に飛び込んでくる。

ビックリしたのは最初だけ。肩と肩が触れ合うくらい一緒にくっつき合えば、本当に4姉妹になったみたい。

「飛び込んだ2人はお仕置きだー！」と奏お姉ちゃんが2人を抱き締めれば、私もお仕置きのお手伝いをするために、３人まとめて抱き締めてしまう。

やっぱり、姉妹や兄弟は仲良くあるべきだなって、改めて思います。

※　※　※

風呂上がり。それは負けられない戦いの始まりを意味する。

とはいうものの、海水浴場でサバイバルするわけでも、血で血を洗う殴り合いを恋人岩頂上でおっ始めるわけでもない。

決戦の舞台はプレイルーム。様々な娯楽があることから、雌雄を決するには打ってつけな場所と言えよう。

約一名はシアタールームでのゲーム対決を希望していた。

「なーなー。ストＶか鉄拳の３本先取りで勝負決めへん？」

「「却下」」

関西女の案が即棄却されたのはお察しの通り。

ストＶで勝負を決めようものなら、琥珀に一方的に処《や》られるのは目に見えている。ソニックブームの弾幕にメッタ斬りされ、ラストは煽《あお》り屈伸からのサマーソルトでＫＯ。ドヤ顔で胸を張られてしまえば台パン待ったなし。

てなわけで、誰もが平等に勝つチャンスのある勝負を話し合った結果——、

「第一回　天下分け目の大決戦！　この一球に命を懸けろ！　チキチキ、古今東西卓球対決～～～～!!!」

「「お——っ！」」「よっしゃらあああ！」

夏彦の雄叫《おたけ》びと同時、新那や奏が拳を突き上げたり、琥珀が気合を入れ直したり、

その光景を見た未仔が苦笑いしたり、草次がドン引いたり。

「あはは……」「アホだ」

夏彦たちがエキサイトするのも無理はない、優勝賞品は未仔なのだから。

誰もが未仔と過ごす甘い夏休みを思い浮かべ、ドンドンパフパフとどんちゃん騒ぎ。

我こそが天使の相手に相応《ふさわ》しいと、入念にストレッチや素振りを繰り返す。卓球台の組み立てが捗《はかど》る捗る。

「貴方《あなた》たち、卓球の合宿に来たんですか？」と聞きたくなるくらいの熱量である。

夏彦が勝負内容を今一度おさらいする。

「トーナメント形式で11点マッチの1本勝負。勿論《もちろん》、古今東西のお題は未仔ちゃん縛りで、

3回答えられなかった時点で負け。てなルールでOKだよね？」

「「「OK！」」」

ハツラツとした返事をする参加者とは対照的。

「ふぇっ⁉　わ、私縛り⁉」

初耳な未仔、真ん丸お目目をさらに大きくさせたり、小さなお手手で自分を指差したり。

「ナ、ナツ君っ。どうして私縛りなの？」

「簡単な話さ。これは未仔ちゃんを賭けた戦いなんだ！　卓球だけじゃなくて、如何《いか》に未仔ちゃんを大好きかを証明するための聖戦でもあるんだ！」

「せ、聖戦って……」

「そして何より！　試合を通して、未仔ちゃんを好きな者同士、『未仔ちゃんあるある』を共有したいんです！」

めちゃくちゃ同意しますと、新那や奏も静かに何度も頷《うなず》く。

そう。彼氏彼女らは敵であると同時、未仔を愛する者同士。

未仔に関するキュンキュンなエピソードが手に入れば、夜通し熱く語り合いたい。

撮れたてピチピチな未仔のオフショットが手に入れば、グループチャットで共有したい。

ＹＥＳ、Ｗｅ　ａｒｅ　未仔信者。

「ウチとしては、シンプルに未仔ちゃんが欲しい！」

サムズアップする琥珀を見てしまえば、

（もう、為《な》すがままだよう……）

牧場から出荷される子牛の気分を味わう未仔であった。


厳正なるジャンケンで対戦相手が決まれば、いよいよ幕が切って落とされる。

Aブロック、夏彦最初の相手は、

「よろしくお願いしまーす♪　いくら相手が夏彦君だからって容赦しないからね！」

（くっ……！　初《しよ》っ端《ぱな》から一番当たりたくない人と当たってしまった……！）

卓球台を介して向かい合う人物は奏。

本気で優勝を狙っているのは明白。しっとり潤う黒髪ロングをシュシュで一つに束ね、チラ見えするうなじが色っぽい。和服の似合う大和撫子《やまとなでしこ》な奏なだけに、浴衣姿が似合わないわけがなく。

しかし、人様の彼女に色っぽいとか思っている場合ではない。

何故《なぜ》ならば、奏こそ優勝候補筆頭と夏彦は踏んでいるから。

確かに未仔と知り合ったのは傘井兄妹《きょうだい》のほうが早いだろう。しかし、中学時代は未仔と同じ家庭部に属し、未仔に慕われ続けてきたのが奏という存在。

憧れの先輩が中学時代の未仔を熟知しているのは言わずもがな。

常日頃、自分の知らない未仔エピソードを聞かせてもらっている夏彦なだけに、屈指の未仔愛好家だと認めざるを得ないのだ。

だからといって、物怖《ものお》じしていては話にならない。

やらなきゃやられる。勝たねば未仔とウハウハできない。

腹を括《くく》るしかないと、夏彦は奏を力強く見据える。

今ばかりは尊敬の眼差《まなざ》しではなく、挑戦者《チャレンジャー》の眼差し。

「こうなれば奏さん、胸を借りるつもりで戦わせていただきます！　否《いな》！　勝たせていただきます！」

「望むところだよ！　さぁさぁ、私を越えてみなさい夏彦君っ！」

ノリを合わせてくれるのが奏の良いところ。

「夏彦、とぅーさーぶらぶおーる」

審判である草次のやる気のない声と同時に試合スタート。

「いざ尋常に勝負！」

『お前は侍か』という掛け声と同時、サーブ権のある夏彦が、古今東西のお題を叫ぶ。

「古今東西！　未仔ちゃんの可愛《かわい》い仕草！」

アホ丸出しのお題に赤面する未仔を尻目に、

「嬉《うれ》し恥ずかしいとき、ついつい三つ編みをイジっちゃう！」

夏彦の言霊《ことだま》が込められたピンポン玉が奏コートへとＩＮ。

さすれば、「すごく分かる！　けど負けてられません！」と奏がラケットを振りかぶる。

そのままピンポン玉へと新たな言霊を込める。

――のだが、

「高いところの荷物を取るとき、決まって頭に一旦載せ――、……あら？」

未仔への想《おも》いが強すぎて空回りしたのだろうか？　奏が返したボールはネットに引っかかってしまう。

草次が夏彦側のスコアボードをめくれば、「よーしよし！　まずは一点ゲット！」と大はしゃぎ。

「ナツ、お前にプライドはないんかー」

「夏兄、マナー悪いぞ～！」

などといった野次《やじ》もこの男には届かない。

「ナ、ナツ君っ……、そんなところまで見て――、……あぅ」

現在進行形で三つ編みをイジっている未仔に集中するバカレシである。

「奏さん！　もう一度、同じお題でいきますね！」

「了解ですっ。サーブ来なさーい！」

「二本目行かせていただきます！」と元気ハツラツな夏彦が再度、『未仔の可愛い仕草』をピンポン玉へと込めてサーブを放つ。

「美味《おい》しいスイーツを食べたとき、両足をパタパタしてしまう！」

決して、夏彦のサーブが上手《うま》いわけではない。夏彦らしい至って普通のサーブ。

――なのだが、

「強炭酸のジュースを飲むとき、ギュッと目を瞑《つぶ》――、……ありゃりゃ？」

今度はネットに引っかけるどころか、奏のラケットはピンポン玉に掠《かす》りもせず。盛大な大空振り。

（奏さんって、……もしかして）

そんな夏彦の小さな疑問も、奏へとサーブ権が移れば確信に変わる。

「古今東西、未仔ちゃんの可愛い仕草！　夏彦君から着信入ると、頬《ほ》っぺた緩みがち！」

ＭＩＳＳ！

「古今東西、未仔ちゃんの可愛い仕草！　夏彦君の話をするとき、饒舌《じょうぜつ》になりがち！」

ＭＩＳＳ！

サーブだろうとリターンだろうと、ＭＩＳＳ！　ＭＩＳＳ！　ＭＩＳＳ！

このあとも滅茶苦茶《めちゃくちゃ》ＭＩＳＳをした状態。

「ナツって手塚《てづか》ファントム使えるん……？」と琥珀がビビるくらいラリーが続かず、あっという間に夏彦のマッチポイント。

最後になるであろう奏のサーブ前。夏彦は問わずにはいられない。

「あの～……」

「な、なにかな夏彦君」

「奏さんって、――もしかして卓球苦手だったりします？」

「！……………」

動揺ＭＡＸ、白々しく唇を尖《とが》らせて目を背ける奏を見てしまえば、もはや答えてもらう必要もないのだが、

「違うぞ夏彦」

「えっ」

審判ポジションではなく、彼氏ポジションとして草次は補足を入れる。

「奏は運動全般がド下手なんだ」

「〜〜〜っ！　そーちゃんのイジワル！　せめて、運動全般苦手って言ってほしいよ！」

「あっ……。全般苦手ではあるんですね……」

　奏は運動音痴というオチ。

　未仔の情報を言い合うはずが、まさかの奏の一面を知ってしまう。

　バレてしまってはしょうがないと、奏はラケットと片手を合わせる。

「えっと、夏彦君？　卓球なしで古今東西だけの勝負に変更はいかがでしょうか……？」

　勝負を諦めていない姿勢は素晴らしいし、年上お姉さんのおねだりはドキッとくるものがある。

　とはいえ、背に未仔は代えられない。

「奏さん！　対戦ありがとうございました！」

「ひ〜ん！　まだ負けてないもん！」

「相合傘するとき、いつも以上にくっつきがち！」という古今東西を最後の言葉に見事なスカ振り。11-0でゲームセット。

　卓球では『最低でも1点は相手に与えないといけない』という隠されたマナーがあるようだが、奏がボールを返せないのだから、もうどうしようもない。

Bブロックは、新那VS琥珀。

試合が終わったばかりの夏彦だが、もう1人の優勝候補から目が離せない。

運動真剣抜群。浪花《なにわ》が生んだモンスターガール、琥珀である。

フォームだけでガチ勢だと分かる。コンパクトなスイングながらラケットから風切り音が聞こえてくるのは、体幹をしっかり意識して上半身や下半身の溜《た》めを作れているからだろう。

「できれば表ソフトのラバーが良かったけど、しゃーないか。おっ♪　球はいっちょ前に公認球やん！」

「ラバーとか球気にするなよ……。ガチ勢すぎて怖いわ」

夏彦の小言に対し、琥珀はニンマリと口角を上げる。

「はてさて？　ウチが優勝した暁には、未仔ちゃんには裸エプロンであ～んしてもらおうカナ？」

「フレ～～～！　フレ～～～！　ニィィィ・イィィィ・ナァァァ！」

ライバルと変態ならば、喜んでライバルのために喉を涸《か》らす夏彦が切ない。

当然、新那としても親友を裸エプロンにするわけにはいかない。

さすがに本気でないとは分かりつつも、

「いくらスポーツ万能の琥珀ちゃんが相手でも、負けるわけにはいきませんっ！」

いつもはほけ〜っとしているマイペースな妹も、決勝で待つ兄を倒すため、親友との夏休みを謳歌《おうか》するためにラケットをブンブン振り回して臨戦態勢。

ヤル気満々なのは伝わってくるが卓球の経験は乏しいようだ。奏より酷《ひど》いということはないだろうが、内股＆へっぴり腰で「そいやっ、そいやっ」と言っている姿は中々にシュール。

「新那ちゃん、とぅーさーぶらぶおーる」

またしても草次のやる気のない声と同時に試合スタート。

「新那、バッチ来────い！」

「いくよ、琥珀ちゃん！　古今東西のお題は、ミィちゃんのココが好きってところ！」

新那が球をトスアップしつつ、思いの丈をボールへ注入。

「甘やかすのが上手なのに、ミィちゃん自身も甘えん坊なところ！」

バブみにたっぷり包まれたピンポン玉が、琥珀のコートへと放物線を描く。

「そんな打ちごろサーブでエエのん？」

まさに電光石火。緩やかにバウンドするピンポン玉へと回り込んだ琥珀が、ヒットマンの如《ごと》く、的確にラケットの芯でボールを打ち抜く。

そして、未仔の好きなところを叫ぶ。

「おっぱい大きいのに感度ビンビンなところ！」

ド変態極まりない発言とともに射出された弾丸が、新那コートへと一直線で叩《たた》きつけられる。新那は全く反応できず、勢いが止まらない球が吸い寄せられるかのように壁側で観戦していた夏彦の耳元を掠めていく。確信犯である。

「ひぃぃぃ⁉ ア、アブねーだろ琥珀！」

「ヒャハハハハ！ 小学生時代のウチは、『前陣速攻のタイフーン・コハク』って言われるくらい児童館では負けなしやったんやから！」

「どやっ！ 恐れ入ったか、スーパー傘井兄妹《ブラザーズ》！」と大爆笑し過ぎてせき込む琥珀だが、確かに一打見ただけで名前負けしていない腕前だと分からされてしまう。

同時にどうしようもなくアホだとも。

「んん？」

落ち着きを取り戻した琥珀がスコアボードを見て首を傾《かし》げる。

草次がスコアボードを捲《めく》ったのは、琥珀ではなく新那側。

「ちょいちょい草次。点数入れるの新那やなくてウチやで？」

「いいや。新那ちゃんの点数で合ってるぞ」

「はへ？」

フクロウですか？　と尋ねたくなるくらいさらに首を傾げる琥珀に対し、『未仔ちゃんを見てみろ』と草次は視線を誘導する。

さすれば、顔を真っ赤にしながら頰《ほお》をプックリ膨らます未仔が、両腕をバッテンポーズでお出迎え。

「琥珀さん、アウトです！」

「ええっ⁉　何でですのん⁉」

イエローカードの撤回を審判に要求するサッカー選手的な？

「せやかて未仔ちゃん！　ウチがおぱもみする度にエッチな吐息我慢してるやん！　それってどうしようもないくらいエロ可愛いやん！」

「〜〜〜〜！　モラルの問題でアウトなんですっ！」

「ひゃあ〜。生きづらい世の中になったもんやなぁ……」

昔はセクハラし放題だったような発言をする琥珀に対し、いつの時代でも変態には厳しい世の中であってほしいと切に願う未仔であった。

その後の展開はお察しの通り。卓球の腕前で圧倒する琥珀だが、一瞬で未仔の好きなところを捻《ひね》り出せず、時間が経《た》てば経つほどにボロが出ていく。

最後は9-2で勝っていたにも拘《かか》わらず、

「ちょ、ちょい待ち新那！　まだ考え中――、ひ、左乳の裏に小さなほくろがあるところ！」

「～～～っ！　琥珀さんのエッチ！　3アウトです！」

3回目のセクハラ発言で琥珀失格。「ぐわぁぁぁぁ！　ウチの脱・素麺《そうめん》生活がぁ～～～～！」と本気で悔しがる琥珀の哀愁が半端ない。

（バカだコイツ……。でも、未仔ちゃんの左胸にほくろがあるのは初耳情報だな……！）

心のメモ帳に書き留めつつ、夏彦は未仔のほうを見てしまう。

ほくろがあるであろう左乳裏を反射的に隠す未仔がこれまた可愛《かわい》い。

ついには決勝戦。

兄としても妹としても、彼氏としても親友としても。決勝の舞台は相手をブチのめすには最適な環境と言えよう。

大人げない夏彦は、右側に立つ未仔を抱き寄せつつ、

「未仔ちゃんは俺が絶対いただく！　明日の海水浴は一緒に泳ぎまくるし、イルカのボートでクルージングするんだ！」

負けじと新那は、左側に立つ未仔を抱き寄せつつ、

「ミィちゃんはにーながいただきますっ！　明日は勿論《もちろん》、残りのお休みもミィちゃん三昧だよ！　カラオケやファミレスで遊び放題だよ！」

「ふ、2人とも落ち着こ？」とアタフタする未仔の提案など通るわけもなく、

「何おう！　だったら俺は、未仔ちゃんと映画やボウリングを目一杯楽しむ！」

「甘いよ！　だったらにーなは、ミィちゃんと買い物やカフェを思う存分楽しみます！」

「いいや！　俺が！」

「ううん！　にーなが！」

「「むむむぅぅぅ〜〜〜！」」

「分かったから早く試合始めろよ……」

スコアボードを持つ草次に溜め息をつかれれば、ふんすっ！　と互いに鼻を鳴らしつつ、怒り肩で自陣コートへとスタンバイ。

敗北者である奏や琥珀は、すっかり実況や解説キャラに成り下がっているようで、

「琥珀ちゃんとしては、夏彦君と新那ちゃん、どっちが有利だと思う？」

「う〜ん、せやなぁ……。有利なのはナツちゃうかな」

「ほーほー。どうしてそう思うの？」

「未仔ちゃんに関する知識量なら、どっこいどっこいやと思います。せやけど、卓球の腕

前はナツに軍配が上がるかなと。ウチら体育の授業で卓球選択してたときあったんですよ」

当時の体育、ヒッティングパートナーとして夏彦をボコっていた琥珀なだけに、並みのプレイヤーになら勝てると予想する。

実際、未経験者同士の戦いならば、夏彦の勝率は中々に高かった。古今東西抜き、卓球だけの試合であれば、余程のハンデを与えない限り新那が勝つことは難しいだろう。

「夏彦とぅーさーぶらぶおーる」

草次の掛け声と同時、夏彦がサーブの体勢に入る。

仮にだ。

仮に新那がハンデを要求してきたとすれば、夏彦はこう答えるだろう。

『ハンデ？　何それ美味《おい》しいの？　片腹痛いわコノヤロウ』と。

未仔信者同士の戦い、ましてや最大のライバルなのだから完膚なきまで、粉微塵《こなみじん》になるまですり潰したいに決まっている。

だからこそ、

「いくぞ新那！　古今東西のお題は、未仔ちゃんに送る感謝の言葉！」

夏彦はありったけの想《おも》いをピンポン玉に込めつつ、サーブを繰り出す。

「未仔ちゃん！　いつも美味しいお弁当をありがとう！」

「「……。　え？」」

実況＆解説の奏と琥珀が目をパチクリ。

それもそのはず。夏彦の繰り出したサーブは、めちゃくちゃスローリーで、ふんわり山なりサーブだったから。

高く高く打ち上げられた球はチャンスボール以外の何ものでもない。舐《な》めプと思われても仕方ないレベル。

そんな打ちごろ絶好球、『ラケットを振り下ろすだけの簡単なお仕事です』状態なチャンスボールに対して、新那の取る行動はただ一つ。

「ミィちゃん！　毎朝制服を整えてくれてありがとう！」

夏彦に負けじと、ひたすら高くボールを打ち上げて返球する。

高い高い弧を描いて夏彦コートへと戻って来れば、

「未仔ちゃん！　カフェに行ったときは、コーヒーにミルクやシロップをたっぷり入れてくれてありがとう！」

夏彦がまたしても高く打ち上げて新那コートへと返球し、

「ミィちゃん！　小さい頃にプレゼントしたキーホルダーを、今も大切に使ってくれててありがとう！」

新那もまたしても高く打ち上げて夏彦コートへと返球する。

ＯＬが昼休みの屋上でするバレーボールのような試合展開しばらく。

琥珀がハッ、と真意に気付く。

「ほぁ〜！　そういうことか！　敢《あ》えてスローテンポなラリーに持ち込むことで、どっちが未仔ちゃんの情報を沢山持ってるか競い合ってるんやね！」

解説キャラの琥珀大正解。

繰り返しとなるが、夏彦は最大のライバルである妹を完膚なきまで、粉微塵になるまですり潰したい。

それすなわち、完全勝利を収めたい。

要するに自分のほうが未仔を愛しているということを証明したいのだ。だからこそ消耗戦覚悟、殴り合い上等な乱打戦を持ちかけたのだ。

夏彦のふんわりサーブの意味を新那が一瞬で理解できたのは、さすが妹といったところか。はたまた、同じ未仔信者といったところか。

挑発であろうが何だろうがお構いなし。『ミィちゃんへの気持ちが、夏兄に負けるわけありません』と、新那も長期戦覚悟の乱打戦に応じる。

まさに総力戦。

古今東西のお題が、『未仔のお茶目《ちゃめ》エピソード』であれば、

「俺の教室に遊びに来過ぎて、自分の教室と間違えて入ってきたことがある！」

「授業中、先生のことをうっかり『ナツ君』と呼んじゃったことがある！」

古今東西のお題が、『未仔の裏話』であれば、

「お父さんへの当たりが強くなっちゃう未仔ちゃんだけど、父の日には毎年プレゼントと感謝の手紙を渡している！」

「夏兄に少しでも大人になった自分をアピールするために、ミルクブラウンの髪色にイメチェンした！」

古今東西のお題が、『未仔にキャッチフレーズをつけるとしたら』であれば、

「平成に転生したマザーテレサ！」

「令和に舞い降りたナイチンゲール！」

ノーガードでの殴り合い。

というより、ノーガードでのパイ投げ。

俺のほうが甘い、いいや私のほうが甘いに決まってると、虫歯覚悟で未仔に関する甘々なストーリーや事柄などを言い合うアホ兄妹《きょうだい》。

互いに知っていたり知らない情報を共有し合って、頬を緩めたり嫉妬したり。

とはいえ、長時間ラリーをすれば食い違いも発生するらしく、

「耳裏をコチョコチョされること！」

「ブブーーッ！　夏兄不正解ー！」

「はぁん⁉」

夏彦が妹に不正解を宣告されたお題は、『未仔の苦手なこと』。

夏彦は全く納得がいかないだけに猛抗議。

「何で⁉　未仔ちゃんは耳裏はゾクゾクするって前に言ってたぞ！」

「ふふーん♪　嫌よ嫌よも好きのうちって言葉あるでしょ？　実際はミィちゃん的には触られて嬉《うれ》しいパーツなんだよ！」

「いやいやいや！　そんなの新那の主観じゃないか！　チャレンジだ！　チャレンジを要求する！」

「うんっ、チャレンジ大賛成だよ！　ミィちゃんに聞いてみよーよ！」

お前らは小学生かよ、というくらいワーギャー騒ぐ兄妹は、『サッカーワールドカップ、VARタイム導入しまっせ』と言わんばかりに、未仔のもとへと全速力で駆け寄り、

「未仔ちゃん！　耳裏は苦手だよね⁉　初デートでスキンシップしたときに、ゾクゾクす

るって言ってたよね⁉」

「ミィちゃん！　耳裏をコショコショ触られるのは嬉しいよね？　にーなとスキンシップするとき、絶対拒まないもんね⁉」

「「どっち⁉」」と、彼氏と親友に詰め寄られた未仔が導き出す答えは――、

「〜〜〜〜っ！　これ以上は恥ずかしいからもう止《や》めて〜〜〜〜っ！」

卓球勝負の限界を迎えるのは夏彦でも新那でもなく、お題の当事者・未仔本人。燃え盛る顔を押さえて大悶絶でフィニッシュ。

『これ以上私のために争うのは止めて！』というより、『これ以上私を褒めちぎったり、辱めるのは勘弁してください……っ！』という感じ。

そりゃそうだ。自分に関する情報を、彼氏やら親友やらに1打毎《ごと》に暴露されまくるのだから。

ちなみに、本人たちは至って真面目なのが余計に質《たち》が悪い。

『苦手だけど、好きな人になら何処《どこ》を触られても嬉しい』というのが答え。

未仔の限界を察した草次が、大きな欠伸《あくび》をしつつ、卓球台へとスコアボードを置く。

「ゲームセット。未仔ちゃん棄権により、両者引き分け」

「「ええっ⁉」」と唐突な試合終了に驚く残念な兄妹も、無呼吸連打でラリーし続けるのは体力の限界だったようだ。

試合終了の宣告を受ければ、アドレナリン分泌が終了。立っているのがやっとな様子で、大玉の汗を垂れ流しつつ、荒く呼吸を繰り返す。

「ぜぇ……ぜぇ……。さすが未仔ちゃんの親友と認めよう……」

「はぁ……はぁ……。夏兄もミィちゃんの彼氏と認めてあげるよ……」

「「でも絶っっっ対に負けない!!!」」

互いを認めつつ、負けを認めない往生際の悪い兄妹ここにありけり。

「くっ！　こうなったら延長戦だ！　このあと開催予定だった、『未仔ちゃんの深カワイイ話大会』で決着をつけようじゃないか！」

「望むところだよ！　とっておきのミィちゃんエピソードで夏兄をキュンキュンさせちゃうんだから！」

「その話、あとで詳しく聞かせてもらおうか！」

「うん！　夏兄のとっておきも楽しみに待ってます！」

争いつつも互いの身の上話もとい、未仔上話《みこうえばなし》を聞きたいのだから、もうどうしようもない。

バッチバチな2人を尻目に、琥珀は『負けた試合に興味はねぇ』とばかりに大きな背伸びをする。

「はてさて。ウチはシアタールームでお待ちかねのゲーム三昧と洒落込《しゃれ》もーかなぁ」

未仔メイド化計画も失敗に終われば、琥珀の優先事項は大画面スクリーン&立体音響スピーカーでモンスターを狩ったり、オンリー1目指して銃撃戦したりすることにシフトチェンジ。

深カワイイ話をするにせよ、ゲームをするにせよ。何をするにもプレイルームは御役御《おやく》免なことから、奏が両手を合わせて一同の注目を集める。

「とりあえず卓球台片付けちゃおっか。その後は各々自由時間にしちゃいましょう」

反対する理由など何もない。ガルル！　と互いに睨《にら》み合っていた夏彦と新那も次なる戦に備えるべく、片付けを開始しようとする。

そんなタイミングだった。

「うおう!?」「ひゃっ……！」

夏彦や未仔たちが声を上げる理由。

いきなり部屋が真っ暗になったのだ。

さすがは田舎町。建物と建物の距離もかなり空いていることから、目を凝らそうとも夜空の月明かりだけでは室内の状況を全く把握できなくなってしまう。

「だ、誰だ⁉　部屋の電気消したの！　琥珀か⁉」

「ウチちゃうわボケェ！」と叫ぶ琥珀は間違いなく一歩もその場から動いておらず、明かりを消した犯人ではない。

そもそも犯人などいるわけがない。

明かりのスイッチがある出入口付近になど、誰も近づいていないのだから。

こんなときも草次は冷静のようで、

「廊下の明かりも消えてるっぽいし、ブレーカー落ちたんじゃないか？　イタズラにしちゃさすがに突発的すぎるだろ」

「え〜！　今からゲームしようとしてるのに困るわぁ」

琥珀のお気楽加減に夏彦が呆《あき》れる。

「こんな状況でもゲームのこと考えるとか……。どんだけお前は呑気《のんき》なんだよ……」

「なぁナツ。今なら誰を殴ろうが完全犯罪になるってこと証明したろか？」

「今から殴るってこと⁉　イタタタタ！　尻をつねるなぁ！」

暗闇だろうが、音や声だけを頼りにセクハラできる琥珀の順応っぷりが恐ろしい。

「と、とにかく！　兼次おじさんに電話してみるね！」

そう言った奏は持参していたスマホを操作し始める。

真っ暗な空間では僅かな明かりさえ非常に頼りになる。「その手があったか」と夏彦もスマホを取り出し、『懐中電灯』のアイコンをタップ。

効果てきめん。スマホから力強い光が放たれれば、不十分ながらうっすらと視界が戻る。

メンバーもその場でしっかり待機しており、スマホをサーチライト代わりにゆっくり動かせば、未仔・新那・琥珀・草次・奏の顔もしっかり確認できる。

そして、

「うおおおおおう⁉」


薄暗い部屋のド真ん中に立つ、見覚えのある化け物も。

藁《わら》を編み込んだ蓑《みの》の衣装に、素足に履かれた草履。丸くて大きな黒目と口の仮面。

グルゲゲ様である。

部屋が真っ暗になった瞬間など、比にもならない心拍数の爆発加減。

当たり前だ。一分前にはいなかった化け物が、暗闇に乗じて静かに現れたのだから。

チビッ子であれば幼心にトラウマを植え付けるくらいの恐怖とインパクトである。

とはいえ、とある出来事を思い出してしまえば、メンバー一同、次第に冷静さを取り戻していく。

そう。今の状況が先刻の一件、買い物終わりの帰り道と重なりまくりなのだ。

それすなわち、なんちゃってグルゲゲ様と証明された瞬間。

恐怖からの安堵《あんど》に、ダムが決壊するかのように夏彦と琥珀は大笑い。

「ははっ、はははは！　やだなー、オーナーさん！　二回も同じドッキリ仕掛けるとか質《たち》悪いですよ！」

「ホンマやわ！　わざわざブレーカーまで落とすとか！　繰り返しが鉄板なのはギャグだけやで！」

琥珀はグルゲゲ様に扮《ふん》するオーナー（？）の前に立つと、被《かぶ》り物やら纏《まと》った蓑やらをまじまじと観察する。

「いやはや、やけにリアルな造りやねー。SEKIROとかで出てきそうな妖感あるわ」

『……』

「ん？　なぁ、おっちゃん。いつまで黙ってるん？」

「もしもーし？　お～～～い。中で寝とんか？　元気ですかー？」

返事がない。それどころか、グルゲゲ様に扮するオーナーは全く微動だにせず。

琥珀が無表情な仮面の前で手を振ってみたり、シャドーボクシングをしてみても結果は変わらない。

仏の顔も三度まで、琥珀の呼びかけも三度まで。

「しつこっ。何か喋《しゃべ》らんかいアホンダラ」

パコンッ、と軽めのツッコミでグルゲゲ様の仮面ごと頭を叩《はた》く。

『……』

「～～～！　ホンマに何なん⁉」

琥珀のツッコミ、嘆きにも無反応。

余りの無反応っぷりに、未仔の顔色に再び不安が目立つようになる。

「ねぇナツ君……。あの人って本当にオーナーさん、――なんだよね？」

「う、うん。……多分」

室内にいる誰もがオーナーであると思っている。

しかし、グルゲゲ様がだんまりを決め込めば決め込むほど、『オーナーであってほしい』

という願望に代わっていく。誰もがその異様な静けさや気持ち悪さに飲み込まれ、身体《からだ》が蝕《むしば》まれるかのように動けなくなっていく。

静寂を破るのは奏。


「——えっ。兼次、……おじさん？」


誰もが聞きたかった名前にも拘《かか》わらず、夏彦たちは胸を撫《な》で下《お》ろすことができない。

奏の声音が、あまりにも絞り出すかのように引きつっているのだ。

安堵とは程遠い反応の意味を知るべく、一同が奏へと恐る恐る注目する。

そして、引きつった声音の意味を理解してしまう。

奏が問いかけているのは、『室内にいるグルゲゲ様』にではなく、『電話を掛けていた相手』にだったから。

唖然《あぜん》とする奏はスマホに耳を付けるのを止め、一同の疑問を拭うべく画面をタップする。

さすれば、スピーカー口から聞こえてくるのは、

『皆ごめんねー！　ブレーカー落ちちゃったみたいだから、もう少々お待ちをー！』

陽気なオッサンの声はオーナーそのもの。

「え……。じゃあココにいるのって……」

夏彦たちの血の気が引いていく。グルゲゲ様へと再度注目せずにはいられない。

「いぎゃ……！」

「こ、琥珀？」

琥珀らしからぬ声に、夏彦は今一度グルゲゲ様と悪友へとライトを当ててみる。

「何をそんな変な声――、⁉⁉⁉」

夏彦が目ん玉を引ん剝《む》く、未仔や新那が「ひゃ！」と短く悲鳴を上げる。

それもそのはず。

グルゲゲ様が動いていたから。

それどころか、ガッツリ洗っていたから。

琥珀の顔面を。

ぐちゅぐちゅ……、じゅくじゅく……。

たっぷり水気を含んだスポンジで琥珀の顔面を入念にゴシゴシ、ゴシゴシ……。

まるで生気を吸い取っているかのようで、琥珀の両手の指が無残にもピクつき続ける。

惨《むご》たらしい光景を目の当たりにしつつ、一学期終わりの球技大会で琥珀が言っていた発言を夏彦は思い出していた。

『記憶に残らない死に方するくらいなら、ギロチンで首チョンパされたり、オークに凌《りよう》辱《じよく》されて息絶えるほうがマシやで』

心から問わざるを得ない。

『琥珀よ……。グルゲゲ様に洗われるのは、お前の望んだ結果なのか？』と。

勝手に殺すなという話だが。

「――い、磯《いそ》くさい…………！　ガハァッ……！」

「こ、琥珀!?　琥珀――――っ！」

琥珀が膝から崩れ落ちれば、恐怖はまだまだこれからだとでも言わんばかり。

『ぐばあぁぁぁぁぁ～～～～～！』

「「うわあああああ！」」

グルゲゲ様の咆哮《ほうこう》に一同、阿鼻《あび》叫喚《きようかん》で大パニック。

※　※　※

命からがら、無我夢中でプレイルームを抜け出した夏彦・未仔・新那の3人は、二階奥にあるドミトリータイプの寝室で息を潜めていた。

あと一名、いるにはいるのだが、

「琥珀よ。安らかに眠れ……」

HP0の琥珀を二階ベッドへと押し込み、毛布を被《かぶ》せ終える。そのまま合掌して南無阿《なむあ》弥陀仏《みだぶつ》。

ドラゴンなクエストな世界なら棺桶《かんおけ》に入れて連れて行くのだが、どちらかといえば今現在はバイオでハザードな世界。その場に隠しておくのが最善手だろう。

いくら琥珀がインパクトの残る死に方を希望するとはいえ、グルゲゲ様に水洗いENDは悲しすぎる。そもそもまだ死んでいない。

というわけで、夏彦が担いできたというか、半ば引きずって逃げてきたというわけだ。

ザオリクを願いつつ、今は自分たちの身の安全が最優先事項。

未《いま》だに電気は点《つ》かないものの、部屋の鍵はしっかり施錠した。

しばらくは時間を稼ぐことができるだろう。

「ねぇナツ君。奏先輩と伊豆見《いずみ》先輩と別れちゃったけど大丈夫だよね？」

「今は大丈夫って信じるしかないかな……。悲鳴とか物音も聞こえないし、きっと上手《うま》く隠れてるはずだよ」

ＬＩＮＥも送ってみたが既読は付かず。いくら既読スルー名人の草次とはいえ、こんな状況で夏彦からのメッセージをスルーするような鬼畜めいた行動はしないだろう。

普段はマイペースな新那もすっかり参っているようで、未仔の腕を握りしめてガクガクブルブル。

「あのグルゲゲ様の正体って誰なのかな……。町でストレスを溜《た》めこんだ近所のオジサンとか？　高校生が遊びに来た情報を聞きつけて、ここぞとばかりに洗いに来たのかも……！」

「どんなオッサンだよ……」

「じゃあどんなオッサンがグルゲゲ様なら夏兄はいいのさ！」

「何ギレ⁉　逆に聞くけど、どんなオッサンがグルゲゲ様ならいいんだよ！」

「今はどんなオジサンでもいいんじゃないかな⁉」

未仔のド正論が繰り出されれば、兄と妹は野良猫同士の睨《にら》み合いのように暗闇でメンチを切り続ける。

スマホのライトだけでも分かる醜い喧嘩《けんか》に、未仔はムスッと呟《つぶや》く。

「私はグルゲゲ様が本物でもおかしくないと思う」

「「えっ⁉」」

「だってナツ君とにーなちゃん、旅行中ずっと言い争ってるんだもん。グルゲゲ様が仲違《なかたが》いする人たちを洗うんだったら条件としてはピッタリだから」

未仔の発言が仰《おっしゃ》る通りすぎるだけに、夏彦と新那は顔を見合わせる。

兄は「やっちまった……？」と冷や汗ダラダラ。

妹は「やっちゃった……？」と涙目ウルウル。

「俺と新那が古今東西卓球でヒートアップしすぎたのは確かにまずかったかもなぁ……」

「な、夏兄のおバカ～！　ミィちゃんは耳裏コチョコチョが苦手とか言うから、いっぱい言い争いしちゃったよ！」

「はぁん⁉　バカはコッチのセリフだ！　未仔ちゃんは耳裏が苦手だって何回言ったら――」

キュッ……、
キュッ……、
キュッ……。

「――え？」

外から聞こえてくる鳴き声のような異音に、夏彦は思わず振り向く。

言い争いが騒がしかったから？　喧嘩の匂いを嗅ぎつけたから？

「⁉⁉⁉　ギャアアアアアアアア～～～！」

バルコニーからグルゲゲ様がコンバンワ。

キュッ、キュッ、キュッと、両手のスポンジでひたすら外から窓を水拭き。

何より不気味なのは、部屋の中にいる夏彦たちを見つめ続けていることだろう。無表情な面では何を考えているか全く分からない。

分からないのだが、間違いなくグルゲゲ様は言っている。

『オマエラモ、アラッチャウヨ？』と。

「に、逃げろぉぉぉぉ！」「きゃあああ～～！」

窓を拭き終えるのを待っていたら人生が終わる。ドアの鍵を開け、勢いそのままに寝室から飛び出す。

「とととととにかく！　ゲストハウスから逃げよう！」

未仔と新那に異論があるわけもなく。一刻も早くモンスターハウスと化したゲストハウスから脱出しようと、二階から一階目指して全力ダッシュ。

そのまま廊下を駆け抜け、ゴールである玄関へと辿《たど》り着くのだが――、

「ふ、2人とも⁉」

そこには、見るも無残な姿になった草次と奏が倒れ込んでいた。

どれだけ凄惨な現場だったのかは水の量で分かってしまう。

夏彦たちのように逃げようとしたところを襲われたのか。草次に関してはバケツでもひっくり返されたんかというくらいビッショビショで、水も滴る良い男状態。

奏に関してはかろうじて意識があるようで、

「奏さん！　お気を確かに！」

「――お、」

「お？」

「お肌がツルツルになるくらい、洗われ――、ちゃった……」

「それは良いことなんですか⁉　悪いことなんですか⁉　か、奏さぁぁぁぁん！」

奏がツルツル、グルゲゲ様でご臨終。

「やっぱり、グルゲゲ様が怒ってるんだよ……」

「み、未仔ちゃん」

玄関前の外灯が、立ち尽くす未仔を儚《はかな》げに照らす。

そんな彼女の表情は、恐怖というより悲しさや憤りの色のほうが強く、限界に達してしまったのがよく分かる。

「私の取り合いなんかしないで皆で仲良く遊べばいいのに！　こんなときだって言い争ってるんだもん！　グルゲゲ様も大暴れしちゃうに決まってるよ！」

「み、未仔ちゃん落ち着いてなんていられません！」

「落ち着い――」

夏彦はなだめようとするが、一度決壊した感情は簡単には止まらない。

ついには、声音を震わせつつ言われてしまう。

「こんなことなら、3人友達だった昔のほうが良かったよ……」

「「……！」」

あまりに衝撃的な未仔の発言は、夏彦と新那の心をどうしようもなく締め付ける。

自分たちの勝手によって、ここまで未仔にストレスが溜まっていたことを知ってしまえば、一瞬頭が真っ白になる。

呆気《あっけ》に取られる2人が固まっていると、未仔は決意に満ち溢《あふ》れた表情で一つ頷《うなず》く。

そして、歩き始める。

「――未仔ちゃん？　ど、何処《どこ》に行くの？」

「私がグルゲゲ様に謝ってきます！」

「ええっ⁉」「ミィちゃん⁉」

まさかの爆心地突撃宣言に、夏彦と新那は戸惑いや驚きを隠せない。

冷静さを欠いた未仔の腕を夏彦は掴もうとした。

けれど、一度決心した未仔の動きは俊敏。捉えることなどさせてはくれない。

「待って！　危ないから1人で行かない――、未仔ちゃ〜〜〜ん！」

『私がグルゲゲ様の怒りを鎮める、私が皆の命を救ってみせます』とグルゲゲ様のいるであろう場所目指して闇へと消えていく。

未仔がフェードアウトしてしまえば、へたり込んでいた新那の表情は一層真っ青に。

「どうしよう……。にーなたちのせいでミィちゃんまで……！」

「今は嘆いている場合じゃないって！　絶対まだ間に合うから、早く未仔ちゃんを追いかけよう！」

早く立ち上がれと夏彦は妹へと手を差し伸べるのだが、新那は立ち上がろうとはしない。

違う。立ち上がれないのだ。

「腰が抜けちゃったの……」

「マ、マジでか？」

「マジだよう！」

こんなときにと言いたいが、こんなときだからこそ腰が抜けたともいえる。

突如、究極の選択タイム？

彼女《みこ》を取るか、妹《にいな》を取るか。

彼女が洗われるか、妹が洗われるか。

ここ最近ギスギスしていたとはいえ、たった一人の妹。置いていく選択肢など易々《やすやす》選べるわけがない。

逆もまた然《しか》り。かけがえのない彼女の危険を見過ごす選択肢など考えただけで頭がおかしくなりそうだ。

躊躇《ためら》う夏彦を新那は許さない。

「夏兄、早く行ってあげて！」

「⁉　で、でもそんなことしたら新那が――、」

みなまで言うなと、新那は首を横に振る。

いつもの朗らかな笑みには程遠い、目一杯の作り笑いで言うのだ。

「親友を守れるなら、どれだけ酷《ひど》いことをされたとしても、にーなはへっちゃらだよ」

まるで今生の別れのような。目を見開く兄の背中を妹は押し続ける。

「にーなね。本当は嫉妬してたんだと思う」

「──嫉妬？」

「うん。２人だけ仲良くしてて、にーなだけ置き去りにされるんじゃないかって」

「っ！」

その言葉には新那の真意が詰まっている気がした。

親友の彼氏だから嫉妬されていたとばかり思っていた。

けれど、そんな単純な話ではなかった。

３人で過ごしたかけがえのない思い出があるからこその嫉妬だったのだ。

夏彦だけでなく、兄と遊ぶ親友《みこ》にも嫉妬していただろう。だからこそ、旅行にも付いて来たかったのだろう。

「さー早く！　ミィちゃんを追いかけて守ってあげて！」

全てに気付いてしまえば、夏彦の取るべき行動はただ一つ。

「うおおおお！」

「な、夏兄⁉」

妹をお姫様抱っこで持ち上げること。

「置いてくわけないだろ！」

「マイペースでワガママな奴《やつ》だろうが！　大好きな彼女を取り合うライバルだろうが！　お前は俺の妹なんだから！」

「ど、どうして？」

「……っ！」

二兎《にと》を追う者は一兎《いっと》をも得ず？

知ったこっちゃない。後悔するくらいなら、二兎を追うに決まっている。

「妹のお前も守るし、彼女の未仔ちゃんも守る。お前の兄貴を信じろ！」

「平々凡々な選択をすると思ったら、大間違いだコンチクショウ」と、夏彦は妹を抱えたまま、彼女のいるであろう目的地目指して全力疾走。

「俺たちには、まだやるべきことが残されている！」

「うんっ。また3人で仲良く遊ぶためにもだよね」

意思疎通する2人が大急ぎで向かった先は、一階にある大広間。

2人は神棚の前へと正座する。

そのまま、深々と頭を下げる。

「聞いてください、グルゲゲ様！　今謝ったとしても都合が良いようにしか見えないし、体裁だけって思われるかもしれない。けど、言葉にしないと伝わらないから！」

2人きりになってしまった夏彦と新那は深く反省。

「俺！　夏休み前に未仔ちゃんと遊びすぎて、謹慎してたんですけど、この旅行でテンションン上がっちゃって！　妹だからいいかって、また未仔ちゃんを独占しようとしちゃいました！」

新那も負けじと深々と頭を下げる。

「にーなもです！　2人の恋路を応援するとか言っておいて、昔みたいに2人と遊べないから嫉妬しちゃいました！」

先ほどの古今東西の卓球と変わらないのかもしれない。

「俺ならどんなに洗われても構いません！　だから、未仔ちゃんや妹を洗うのは止《や》めてください！」

「ううん！　ミィちゃんや夏兄を洗うんだったら、にーなを洗ってください！　にーなのほうが心が汚れています」

「いいや俺を！」

「にーなを！」

兄妹《きょうだい》の想《おも》いが通じたのだろうか？

はたまた、この言い争いまでも喧嘩《けんか》に見えてしまったのだろうか？

ポタ、ポタ……。

出入口付近から雫《しずく》が垂れてくる音が聞こえる。

そこにはグルゲゲ様が。

『アアアア……』という奇声を発しつつ、一歩、二歩と近づいてくる。ポタ、ポタ……と液体の滴る音を出しつつ。

（グ、グルゲゲ様が来た！）

死を覚悟した2人だが、自分たちの背後から何者かに抱き着かれる。

その温かな体温、余すことなく押し付けられる、おっぱいの柔らかさ。

「み、未仔ちゃん？」「ミィちゃん!?」

笑顔の未仔が夏彦と新那に抱き着いていた。

「2人ともやっと分かり合ってくれたんだね……！」

何のこっちゃ状態の夏彦と新那が首を傾《かし》げていると、大広間の電気が点《つ》く。

「あ、あれ？　電気が……」

バスタオルで頭を拭きつつ、草次と奏が登場。

「ブレーカー戻したぞ」

「いや～♪　仲直りできて良かった良かった！　作戦大成功だね～」

「さ、作戦？」

首を傾げれば、未仔がえへへと笑う。

ちんぷんかんぷん状態だが、何より気になるのは、目の前にいる化け物。

「じゃあここにいるグルゲゲ様って……」

『フフフ……。ジャ～ン！　ボクガグルゲゲ——、』

お面を取ろうとする刹那だった。

上からドタドタドタ！　と激しい足音とともに琥珀が現れたのは。

「おらぁぁぁ！　グルゲゲ覚悟ぉぉぉ！」

「こ、琥珀!?」

復活した琥珀。やられたらやり返す精神で二丁の巨大水鉄砲を装備し、大接近。

グルゲゲ様は勿論《もちろん》、壁や柱、床に大乱射をかました。

水鉄砲をくらったグルゲゲ様の被《かぶ》り物がずれ——、

「ぎゃあああ！　僕のマイホームが！」

「そ、その声は——、」

聞き覚えのある声に反応する夏彦だが、既に琥珀がグルゲゲ様を仕留められる距離に。

「死にさらせ、アホンダラァァァ！」

琥珀の渾身《こんしん》の蹴り上げが、グルゲゲ様の股間にクリーンヒット。

夏彦はその光景だけで思わず自分の股間を押さえてしまうが、グルゲゲ様は押さえることもできずその場で機能停止。

ピクリとも動かなくなったグルゲゲ様の被り物を恐る恐る取ってみると、案の定、白目で泡を吹くオーナーが。

何が何だか分からないまま、事件は収束へと向かっていく。

※　※　※

すっかり恐怖やらパニックやらが消え、一同が集まる大広間にて。

「ええっ⁉　未仔ちゃんが仕掛けたドッキリ⁉」

「え～！　ミィちゃんが仕掛けたドッキリなの⁉」

さすがは兄妹。未仔から告げられた言葉に対して、同じようなリアクションを取ってしまう。

「うん、驚かせてゴメンね」と謝る未仔なのだが、やはり作戦成功したことが嬉《うれ》しい様子でクスクスと笑う。

「奏さんとお風呂に入ってるときに、ナツ君とにーなちゃんを仲直りさせるために頑張ろうって話になったの。それで伊豆見先輩やオーナーさんにも協力してもらってドッキリを決行しちゃいました」

ドッキリの内容。それすなわち、仲違《なかたが》いする人間を片っ端から洗濯するグルゲゲ様の力を借りて、夏彦と新那に素直な気持ちを伝え合ってほしいというもの。

脚本、構成担当の奏が、お詫《わ》びとばかりにキンキンに冷えた麦茶を傘井兄妹に注ぐ。

「題して、夏のグルゲゲ様大作戦！　どうだった？　結構怖かったでしょ？」

「そんな、サーティワンで小さなアイスクリームが１つ付くみたいな作戦が秘密裏に行われていたとは……」

股間をアイスノンで冷やすオーナーも謝罪。

「いやー、ごめんね！　怖がらせちゃって！」

「ほんとですよ！　というか、奏さんがオーナーさんに電話してたのって」

「うんっ。勿論、誰にも電話してませーん♪　あらかじめ兼次おじさんにお願いして、ボイス録音してもらってました」

そう言いつつ、スマホをタップすれば、

『皆ごめんねー！　ブレーカー落ちちゃったみたいだから、もう少々お待ちをー！』

オーナーの腹立つ陽気な声がまたしても聞こえてくる。あのときは恐怖で頭が支配されていたから何とも思わなかったが、今聞けば中々の棒読み具合。

「あっ！　じゃあ、卓球勝負でもわざと負けてくれたんですか？」

「……。ウ、ウンソーダヨ」

それは嘘《うそ》のようだ。

「草次が協力したのは予想外だったなぁ……。こういうのに非協力的だと思ったのに」

「夏祭りのときは逆に嵌《は》められたほうだったから。仕返しってとこだな」

草次がにやり。

「どうだ。ドッキリって結構つらいだろ？」

「お、おっしゃるとおりです」

「ははっ！」

まんまと嵌められたと唖然《あぜん》とする夏彦と新那。作戦大成功と奏が未仔へとハイタッチ。

「じゃあ彼氏じゃなくて友達の関係のほうが良かったって未仔ちゃんが言ってたのも……」

「うん。彼氏のほうが良いに決まってるでしょ」

やっぱり甘えん坊の彼女は、ごめんねというお詫びも兼ねて抱き着く。そんなことをされてしまえば、何をされても許してしまうに決まっている。

はいはいはい！　と琥珀。

「ウチは何で教えてもらえんかったん？」

「琥珀ちゃんは自然体のほうが、絶対臨場感出してくれるからね。部屋中水浸しにしたのは予想外だったけど」

琥珀は一杯食わされたと頭をクシャクシャに乱しつつ、

「〜〜〜！　メッチャ腹立つ！　損害賠償として、今からシアタールームでウチの気が済むまでゲーム大会や！」

「「きゃ〜〜〜♪」」

主犯格である奏と未仔を抱きしめる琥珀。

琥珀の根は深いことだし、オールナイトも覚悟する必要があるのかもしれない。

そのままシアタールームへと皆で移動することになるが、新那が夏彦の袖を引く。

「ねぇ夏兄」

「ん？　どうした新那」

「あのとき、にーなのことも助けようとしてくれてありがとう」

「当たり前だろ。そりゃ、たった一人の妹だからな。置いていくことなんかするわけないだろ」

「！　……そっか」

新那がにへら～と笑顔になる。

「完敗です。夏兄の勝ちだよ」

「ううん。この勝負は引き分けってことでいいだろ」

「いいの？」

「うん」と言いつつ、神棚横に掛かっているグルゲゲ様の被り物を眺める。

「残りの夏休みは３人で仲良く遊んだり宿題しよう。時々は未仔ちゃんを独り占めしたいけど」

「いいの？　ミィちゃんとまた二人きりで遊べないからって暴走とかしない？」

「するかも。けど、しそうなときはちゃんと新那とか、未仔ちゃんの友達に相談するさ。だから、新那も友達同士で遊びたいときは素直に言ってくれ」

「うんっ♪」

未仔を奪い合う聖杯戦争はこれにて終結。

「ナツ君とにーなちゃんも早く行こ！」

「「はーい！」」

エピローグ：満天の星明かりと満点の彼女

琥珀《こはく》のゲーム大会に付き合えば、すっかり夜も更けてしまう。

夏彦《なつひこ》と未仔《みこ》は夜涼みも兼ねて、屋上庭園へと足を運ぶ。騒がしかったセミの鳴き声はすっかり止《や》んでおり、その代わり鈴虫の涼やかな音色がどこかしらから聞こえてくる。

海岸は明るかった頃とはガラリと印象を変え、月明かりや港町に灯《とも》る僅かな光が漆黒に染められた海を煌《きら》びやかに彩る。潮風なびけば光は消え、波打てば輝きを幾度となく取り戻す。


そんな幻想的な夏の夜が夢でないことを確かめるかのように、夏彦と未仔は口づけを交わし合う。

頰《ほお》をつねるのが一般的。しかし、このカップルとしては互いの温《ぬく》もりや感触を確かめ合うほうがずっと確実性のある行為なのだろう。

夢かどうか確かめ終えれば、夏彦と未仔はどちらからというわけでなく、互いに寄り添い合って旅の景色を眺め続ける。

折角《せっかく》ロマンチックな時間なのだから、彼女を星空にたとえるくらいキザなことをしても良いのかもしれない。けれど、生憎《あいにく》夏彦は星に関する知識は持ち合わせておらず。

そもそもの話、感謝することから始めたかった。

「未仔ちゃん、今日は本当にありがとう。また、妹含め、多大なご迷惑をおかけしました」

謝罪の内容は勿論《もちろん》、未仔を賭けて不毛な争いを続けた件について。

夏彦は深々と謝罪をしているが、未仔としては過ぎ去った話だし、グルゲゲ様を介して禊《みそぎ》は終わっている。

だからこそ、未仔は左右に結ったお下げをゆっくり横に振る。

「迷惑なんてとんでもないよ。大好きな彼氏と親友がギクシャクしてるんだもん。パートナーとして元に戻そうとするのは当然の行動だよ」

「未仔ちゃん……」

「私もグルゲゲ様を使ってナツ君たちを怖がらせちゃったし。お相子にしてくれたら嬉《うれ》しいかな？」

コチラ側に非があるのに、自分まで悪かったと言ってくれる彼女が尊くて堪《たま》らない。

尚《なお》も擦り寄って来る彼女が愛《いと》しくて堪らない。

未仔は遠い夜空を眺めつつ、遠い昔を懐かしむように言葉を紡ぐ。

「小さい頃は今以上に自己主張がずっと苦手で、『友達です』って自信を持って言えるような友達もいなかったの。そんな私だったから、にーなちゃんが毎日遊びに誘ってくれることが本当に嬉しくて」

懐かしめば懐かしむほど、未仔の大きな瞳がキラキラと輝きを増していく。

若干瞳が潤んでいるのは、決して寂しいからではない。大切な思い出だから。

色褪《いろあ》せない思い出は親友だけではない。

「ナツ君、貴方《あなた》もだよ？」と未仔は微笑《ほほえ》む。

「助けてほしかったり困っていても只々《ただただ》立ち尽くしてばかりの私に、ナツ君は沢山手を差し伸べてくれたから。『私もナツ君みたいに優しい人になりたい』ってずっと背中を追いかけ続けてきたの」

「……！」

ツルの恩返しもとい、未仔の恩返し？

そんなワードが夏彦の頭に一瞬よぎってしまうくらい。

満天の星明かりに照らされる彼女の笑顔はとても健気《けなげ》で可愛《かわい》らしく、どうしようもないくらい胸をトキめかせる。

聞き入っているのか見惚《みと》れているのか分からなくなるほどの破壊力があり、『この子に愛されていることが誇らしい』と心の底から思えてしまう。

「というわけです。そんな掛け替えのない2人だから、私としては仲良しな兄妹《きょうだい》で居続けてほしいって思っちゃうの」

甘えん坊な未仔としても、真面目過ぎる本音をガッツリ見られたり聞かれたりするのは恥ずかしかったようだ。顔を少しばかり赤く染めつつ、

「ごめんね？　大袈裟《おおげさ》とか重いって思われちゃうかもだけど」

「と、とんでもない！　俺としては光栄以外の何ものでもないというか……！　語彙力が無さ過ぎて、どう喜びを表現していいか迷ってるくらいだよ！」

そんな言葉を模索中の夏彦へと、未仔が「えいっ」と抱き着く。

「み、未仔ちゃん？」

「えへへ……。幸せだから態度で示しちゃいました♪」

語彙力など要らない。スキンシップだけでも愛は十分伝わるのだと彼女から教われば、夏彦としてもすべき行動はただ一つ。

未仔に負けじと抱擁返し。

肌と肌を寄せ合い、顔と顔の距離が近くなれば、表情には一層幸せが溢《あふ》れてしまう。

やる気しか芽生えない。

「よ〜し！　残りの夏休みも目一杯楽しんじゃおう！」

「うんっ！　えい・えい・おー♪」

夏彦が右拳を突き上げれば、未仔もぴょんぴょん飛び跳ねながら右拳を突き上げる。

そんな彼女の行動も愛おしく、ついつい夏彦のスキンシップが捗《はかど》ってしまう。未仔は未仔で彼氏のスキンシップを蕩《とろ》けるような笑みで受け入れ続ける。

しばらく屋上庭園でラブラブしてしまう2人なのであった。

あとがき

おざます、凪木《なぎき》です。

お盆シーズンの早朝、シャワーを浴びてリフレッシュした状態であとがきを書いております。上半身裸、ステテコ一丁でお届けしております。

美少女作家だったら、おっぱいフレンズのハートを鷲掴《わしづか》みにできたものの、残念ながらアラサーのオッサンです。

僕も一生懸命生きてるんです。舌打ちしなくてもいいじゃないですか。ね？

お詫《わ》びと言わんばかりに、おっぱいフレンズへ朗報をご提供。

ご存知《ぞんじ》の方もいらっしゃると思いますが、なななんと――、おぱもみのコミカライズがドラドラふらっとりにて連載開始！　作画をご担当いただくのは、逢沢《あいざわ》もにょ先生です！　もにょ先生、可愛《かわい》い未仔《みこ》の画《え》をありがとうございます！

さらには、『宇崎《うざき》ちゃんは遊びたい！』の丈《たけ》先生から帯コメントをいただきました！

丈先生、お忙しい中、誠にありがとうございます！

いやぁ〜、本当にめでたいです。作家になって初めてのコミカライズですし、あのバインバインでボインボインな宇崎ちゃんの作者様からコメントをいただけたのですから。

詳細はスニーカー文庫の公式ページなどをチェックしていただければと！


以降はネタバレを含みます。本編未読な方は回れ右推奨。

おぱもみ3巻をお買い上げ＆読んでいただきありがとうございます。

短編を想定してＷＥＢで投稿した小説が、まさか3巻にまで突入するとはビックリです。

それもこれも、皆さん方おっぱいフレンズのおかげ！　本当にあざます！

不名誉とか思うんじゃねえ（笑）。

バカップルの夏休みをお届けしましたが、いかがだったでしょうか？

2巻では妄想に力を入れましたが、今巻ではイチャイチャ描写に力を入れた所存です。

夏といえば海！　海といえば水着！　水着といえばポロリ！

ポロリといえばＯＰＰＡＩ！　ＦＯＯＯＯＯＯ!!!

てな感じで糖度増し増し、イチャイチャ甘々なナツミコご健在。

ただただイチャコラするだけでなく、周りを気遣っているつもりが、逆に気遣われていたことを知る今巻でもありました。

恋人と友人を天秤《てんびん》にかけるのは、難しいというかできないからこそ、悩んじゃう問題なのかなと。

高校時代の俺も、

「皆でモンハン？　あーごめん。今から彼女とデートなんだわ」

って言いたかったわ、ド畜生コノ野郎。

皆でモンハンするの最高に楽しかったから別に気にしてないけども。マジで。

「私と仕事、どっちを取るの」的な修羅場って実際あるんでしょうかね。

「お前を取るから養ってください」って言ったら、ヒモヒモの実の能力者になれるのでしょうか。

そんなこと考えてるからモテないんでしょうか。

話逸《そ》れすぎぃっ。

とにもかくにもです。未仔は勿論《もちろん》、琥珀《こはく》・新那《にいな》・奏《かなで》といった別ヒロインたちを今巻ではのびのび書けたかなと。作者的にも優しい気持ちになれる話になったかなと！

「優しい気持ち？　なれるわけねぇだろハゲ」という方は、スポンジを持った男の出現にご注意いただければと思います。ナギキキ様。

ここからは謝辞を。

担当さん。今回もというか、今回は今まで以上に時間が掛かってしまい誠に申し訳ありません。途中、僕の頭がパンクしてヘラヘラしていたときも、グーパンせず親身になって相談に乗っていただきありがとうございます。次回お会いしたとき、一括払いで殴るのだけはご勘弁いただければと。

イラストレーターの白《しろ》クマシェイクさん。3巻でも未仔たちの可愛いイラストを描いていただき誠にありがとうございます！　イラストを拝見したときは、「海シーンを沢山書いて良かった……！」と心から思っちゃいました。未仔の手ブラのカラーイラスト、最強に最高です!!!　タトゥーを背中に彫るときは、このイラストで決定っ。

読者ことおっぱいフレンズ。昨今はコロナ禍で大変な時期ではありますが、引き続き手洗いうがい、おっぱい揉《も》みたいという気持ちを胸に日々生活していきましょう！

また、ＴｗｉｔｔｅｒやＷＥＢ小説サイト、手紙などで熱意の籠もった感想を送ってくれてありがとう！　しっかりばっちり活力にさせてもらってまっす！

おぱもみだけでなく、なろうやカクヨムで別作品であったり、最近はＹｏｕＴｕｂｅの漫画動画の原作に挑戦したりと細々頑張っております。
興味ある方は是非是非、作者のＴｗｉｔｔｅｒやらをチェッキーしていただければと思います。よろしこ。

それでは皆さん、またお会いしましょう！
グッドラック！　おっぱいフレンズ！

Ｐ．Ｓ．ポロリこそ至高。

凪木エコ

『おっぱい揉《も》みたい』って叫《さけ》んだら、妹《いもうと》の友達《ともだち》と付《つ》き合《あ》うことになりました。3

著　凪木《なぎき》エコ

角川スニーカー文庫　22853

2021年10月１日　初版発行

発行者　青柳昌行

発　行　株式会社KADOKAWA
〒102-8177 東京都千代田区富士見2-13-3
電話　0570-002-301（ナビダイヤル）

印刷所　株式会社暁印刷
製本所　本間製本株式会社

Printed in Japan　ISBN 978-4-04-111861-0　C0193

★ご意見、ご感想をお送りください★
〒102-8177 東京都千代田区富士見 2-13-3
株式会社KADOKAWA　角川スニーカー文庫編集部気付
「凪木エコ」先生
「白クマシェイク」先生

角川文庫発刊に際して

角 川 源 義

第二次世界大戦の敗北は、軍事力の敗北であった以上に、私たちの若い文化力の敗退であった。私たちの文化が戦争に対して如何に無力であり、単なるあだ花に過ぎなかったかを、私たちは身を以て体験し痛感した。西洋近代文化の摂取にとって、明治以後八十年の歳月は決して短かすぎたとは言えない。にもかかわらず、近代文化の伝統を確立し、自由な批判と柔軟な良識に富む文化層として自らを形成することに私たちは失敗して来た。そしてこれは、各層への文化の普及滲透を任務とする出版人の責任でもあった。

一九四五年以来、私たちは再び振出しに戻り、第一歩から踏み出すことを余儀なくされた。これは大きな不幸ではあるが、反面、これまでの混沌・未熟・歪曲の中にあった我が国の文化に秩序と確たる基礎を齎らすためには絶好の機会でもある。角川書店は、このような祖国の文化的危機にあたり、微力をも顧みず再建の礎石たるべき抱負と決意とをもって出発したが、ここに創立以来の念願を果すべく角川文庫を発刊する。これまで刊行されたあらゆる全集叢書文庫類の長所と短所とを検討し、古今東西の不朽の典籍を、良心的編集のもとに、廉価に、そして書架にふさわしい美本として、多くのひとびとに提供しようとする。しかし私たちは徒らに百科全書的な知識のジレッタントを作ることを目的とせず、あくまで祖国の文化に秩序と再建への道を示し、この文庫を角川書店の栄ある事業として、今後永久に継続発展せしめ、学芸と教養との殿堂として大成せんことを期したい。多くの読書子の愛情ある忠言と支持とによって、この希望と抱負とを完遂せしめられんことを願う。

一九四九年五月三日